小美代姐さん愛縁奇縁

群　ようこ

集英社文庫

もくじ

本文デザイン　藤村雅史
本文イラスト　甲斐ヨネ

小《こ》美《み》代《よ》姐《ねえ》さん愛《あい》縁《えん》奇《き》縁《えん》

其ノ壱
赤面新婚生活の巻

大正十四年、美代子《みよこ》は浅草の長屋で、父勝蔵《かつぞう》、母ふじの長女として、産婆さんが見るなり、体重一貫三百目以上はあるといわれるような大きさで生まれた。十四歳のときに、「芸者になったらお嫁にいけなくなっちゃう」と嘆く母を説得し、自ら望んで芸者になった。売れっ子になったものの、駆け落ちを拒否して恋人とは破局した。しかし美代子が七歳のときに出会った、近所の店に奉公していた浩《ひろし》兄ちゃんとはずっと縁がつながっていて、終戦直後に結婚した。

東京大空襲の余波が残る焼け野原で、美代子と浩、そして美代子の親妹弟との同居生活がはじまった。まだ防空壕で暮らしている人々も多いなか、父が焼け残った木材、筵《むしろ》、空襲で焼けただれたトタン屋根、みかん箱などを拾い集めてきて、いちおう屋根のついた四畳半ほどの掘っ立て小屋を建てた。

「浩くんは病み上がりだから」

と戦地でマラリアに罹《かか》り、魚雷に攻撃されて生き残った婿《むこ》には無理をさせようとしなかった。外に下屋《げや》も作られていて、みかん箱の上には七輪と釜が置いてあり、煮炊きができるようになっていた。防空壕暮らしの人は、用足しはすべて外でしなくてはならなかったが、ちゃんと便所もある。すすけたもんぺを穿《は》いた母は、

「台所と便所がないと、どうやっても人は暮らせないからねえ」

と素人が組み立てた小屋でも、ほっとしたようにつぶやいた。

「そうそう。ちゃんと屋根もあるから雨露はしのげるし」

父も満足そうだ。

「そうねえ」

相槌《あいづち》を打ちながらも、美代子は両親ほど喜べなかった。とにかく狭い。このようなご時世だから家と呼ぶのもおこがましい小屋のような建物だが、家族全員が無事で屋根つきの場所に住めるのだから、狭いなどといったら罰が当たるとはわかっている。それでもどう見ても狭いのだ。四畳半に大人四人と、十代後半の妹と弟の六人が暮らす。一人

あたり一畳もないのである。

「あたしの体が大きいから、狭く見えるのかしら」

何度も何度も部屋を見回したが、何度見ても狭さは変わらない。両親は防空壕で生活する必要がなくなったのがうれしそうだったが、防空壕は広さが八畳ほどあって、ここよりずっと広い。炊事や便所に不便はあるかもしれないが、多少の不便はあっても、もう爆撃はないし、美代子はそちらの広さのほうが快適なような気がしていた。

寝具はぺっちゃんこの敷布団が三枚で、部屋に二枚敷き、あとの一枚はみんなの共用の掛布団になった。雑魚寝《ざこね》というより、みんなで団子になって寝ているといった具合だ。子供のころに浩と出会い、無事に彼が復員して晴れて夫婦になれた。初恋の人と結婚できた美代子は、一般的には幸せだったが、戦争のせいで四畳半で家族との同居になってしまった。若い美代子は浩に甘えたいときもある。しかしいつもそこには、親がいて妹弟がいる。家族は興味津々の目で若夫婦を見ているわけではないけれど、

「ねえ」

と浩に声をかけるのも、つい遠慮がちになった。浩も美代子の両親と顔を合わせているのも気恥ずかしく、何となく気まずくて、

「仕事を探してくる」

と出身地の土浦《つちうら》に出かけていった。

浩は父の後妻にいじめられ、一緒に暮らすのが嫌で小学校を卒業すると、家出同然に東京に出てきたので、実家のつてをたよって仕事をしているとは思えなかった。出かけると二、三日は帰ってこなかったが、戻ってきたときは必ず、少額ではあったが現金や、米を持ってきた。美代子の両親は、

「ありがたい」

と心から喜んでいた。ちゃんとした勤め先があるわけもなく、ブローカーのような仕事をしているのではと、美代子は考えていたが深くは追及しなかった。みな生きるためにぎりぎりのところで、お金を得、食料を得なければならなかった。

浩がいないと少しは余裕をもって寝られるが、どうしているのかと心配になる。浩がいるとうれしいけれども、

(あまりぴったりくっついて寝ていると、みんなに変に思われるのでは)

と気になって仕方がない。浩がいてもいなくても、美代子は気を揉《も》んでいた。

「夜中に用を足しに行くときに、誰かの顔をふんづけちゃうと困るねえ」

母にいわれて、父が小さな豆電球をふたつ、天井につけた。それを見ながら美代子は、

(どうなるのかなあ、あたしたち)

と心の中でつぶやいた。

浩が戻ってくるのは決まって夜の十時前で、現金を美代子の両親に渡して、木の葉っ

ぱやすじばかりの芋《いも》が入った御飯を食べる。御飯のときの器も、以前はヤツデの葉っぱだったのが、欠けてはいるものの、やっと瀬戸物になった。これも父が拾い集めてきたものだった。食事が済むと家族一同、しばし呆然《ぼうぜん》とした。やることがないのである。

「寝るか」

父のひとことで布団が敷かれ、みなごろりと横になる。しかしさすがに新婚の美代子と浩は、

「そうですね」

と布団の上に家族にまじって横になるわけにはいかなかった。

「散歩にでも行くか」

浩が誘った。

「はい」

美代子は小さく返事をして浩の後についていった。

「気をつけていっといで」

明るくふじが声をかけてくれた。

散歩に出たものの、特に目当てがあるわけではない。相変わらず見渡す限り焼け野原で、見て面白いものなど何もない。二人はあてがないまま、ただひたすら歩き続けた。浩が無言なので、美代子も黙って後をついていった。結婚したときに母から、

「旦那さんには従うんだよ。いうとおりにしていれば間違いないんだから」

といい含められていた。美代子の両親は夫婦仲がとてもよかったので、そのようなものかと思い、とにかく一歩下がって浩のいう通りにしようと、自分からあれこれ話しかけるのは遠慮していた。

いったいどこを歩いているのかもわからなくなってきたとき、

「座ろうか」

そう浩が声をかけた。暗がりの野原に木が転がっている。

「はい」

美代子は浩の隣に腰を下ろした。そのまま、しばらく黙っていた。座ったはいいが話すこともないのである。

「何とかしなくちゃいけねえな」

浩がぽつりといった。

「えっ、何を」

美代子は浩の顔を見た。

「家だよ。お義父《とう》さんたちをあのままにしておけないだろ」

「それはそうだけど。どうにかなるかしら」

妹弟はともかく、美代子の両親の面倒を見るには、今の生活を続けるわけにはいかないのはわかっていたが、若い夫婦には頼るものは何もない。

「どうにかなるかしら」

「そうね。あたしなきゃ、しょうがねえだろう」

「そうね。あたしたち若いし、これからがんばれば、きっと何とかなるわ」

木に座ったまま暗闇を眺めていると、妙な音が聞こえてきた。

「何かしら」

美代子は耳をそばだて、そしてか―っと顔が熱くなった。暗闇にまぎれて男女が事をやらかしていたのである。

（ど、どうしよう）

あせったのとほとんど同時に、浩に地べたの上に押し倒された。

（わわっ、こんなところで……）

とあわてたが、若い二人には安心して夫婦生活を営む場所すらなかった。四畳半に家族六人、おまけに夜中じゅう、豆電球が室内を照らしている。美代子はただ、恥ずかしいのと周囲が気になるのとで、頭の中でいろいろな考えが渦巻いていたが、浩はただひたすら事に集中していた。

「あたたたた」

美代子の尻に小石がたくさん当たって、痛いことこの上ない。

「石が、あの、石がですね、浩さん、あの、石がね」

いくら訴えても忘我《ぼうが》の境に入った浩は、聞く耳をもたず、新婚夫婦の営みは終了した。

美代子はもんぺをずり上げながら、誰かに見られていないかと、きょろきょろと辺りを見渡した。広がっているのは暗闇ばかりである。

「帰るか」

何事もなかったかのように、浩は美代子の前を歩いていく。おとなしく後についていきながら、そっと尻を触ったら、小石が当たった跡が見事にへこんでいた。

それから新婚夫婦の営みは、焼け野原になった。浩から、

「散歩に行こう」

と誘われ、事情を知ってか知らずか、母の、

「いっといで」

という明るい声を聞くたびに、顔から火が出る思いがした。浩は全く頓着《とんちゃく》していないようだったが、美代子はいつまでたっても恥ずかしくて仕方がなかった。芸者に出ていて、素人の娘さんとは違って、多少は世の中を知っているとはいえ、二十歳の若い女性であるには違いない。いつもいつも、

（どうしてこんなことに）

と思いながら相手をしていたのだが、母の教えを素直に守っていた。

ある雨が降っている日、隣で寝ていた浩が、

「外に出るか」

と美代子にささやいた。

（えっ、雨が降っているのに）

と驚いていると、

「ちょっと、外へ」

ともう一度いう。下屋のところに行くと、突然、浩が抱きついてきた。若夫婦は抱擁すらできないのである。美代子もそれなりに、新妻としての喜びを感じていたが、浩はそれだけでは済まず、どんどん先に進もうとした。

「ちょ、ちょっと浩さん。ここじゃ、いけないわよ。ここはまずいでしょう」

ほとんど戸板一枚向こうに、家族がいるのである。

「おれはここでいいから」

「えーっ、ちょっと、ちょっと」

美代子があせる間にも、浩は事を運ぼうとする。

「あわわ、あわわ」

下屋の柱を背に、美代子は何もできずに、ただされるがままになっているしかない。ぎしぎしと音もしてきて、家全体が倒れそうな雰囲気になってきた。ただでさえ素人が

建てた簡単な建物なうえ、下屋の柱などほとんど立てかけてあるのに等しい作りなので、美代子は自分たちの行為で家が倒壊してしまうのではないかと心配になってきた。

「ひゃー」

美代子は浩に突進されるような状態で、仰向けに地べたに転がった。体の上には下半身丸出しの浩が乗っかっている。そのとたん、

「ぐわん、ぐわん、ぐわん」

と音をたてて、炊事場の研いだ米と水をいれてあった釜がひっくりかえった。

「あっ、たいへん」

美代子も尻を出したまま、地べたにはいつくばって、あわてて釜を拾い上げた。貴重な貴重な米である。一粒たりとも無駄にできない。二人は夫婦の営み後の余韻にひたる間もなく、必死で米を拾い集めた。

「ねえ、ごみが入ってないかしら」

「大丈夫。だけど泥は入ったかもしれねえなあ」

「まだ、お米、落ちてない？　全部拾ったかしら」

小声で話し合っていると、

「泥棒かい」

怒ったふじの声がした。するとすぐに、

「盗《と》るものなんか何もないのに、泥棒なんか入るもんか」

と父の声がした。若夫婦は米を拾い終わったのを確認すると部屋に戻った。豆電球の明かりに母が布団から体を起こしているのが見えた。

「泥棒じゃないの。ごめんね。暗かったからお釜を蹴飛《けと》ばしちゃったんだよ」

美代子があやまると、

「そうかい、それならよかった」

といって横になった。父親は横になったまま、何もいわなかった。

病弱な母に代わって、朝飯を炊くのは父の役目だった。翌日、いつものように炊きたての御飯が欠けた器によそわれ、みんなで食べようとすると、父が、

「今日の飯は滋養がつくぞ」

といった。浩の顔がみるみる真っ赤になり、器を持ったままうつむいてしまった。

「お父ちゃん、どうして」

「何で今日のは滋養がつくの」

妹と弟はきょとんとしている。

「とにかくな、今日のは滋養がつくから、たんと食べておけ。はっはっは」

父が豪快に笑えば笑うほど、浩の顔は赤くなり、体は縮まっていった。美代子もどうしていいかわからず、同じように体を縮めていた。

家族六人での生活は、浩が持ってくる現金や米だけでは、ひと月も成り立たなかった。若夫婦は家にある手ぬぐいを持って、顔見知りの佐倉の農家に物々交換に出向いた。農家では木綿の布がとても喜ばれた。見番《けんばん》に勤めていた父も、芸者に出ていた美代子も、手ぬぐいをいただく機会が多く、それを茶箱にためていたのが幸いにも焼け残っていて、手ぬぐい三本に米一升の割合で交換してもらった。道中、若夫婦の会話は、いつも、

「何とかしなくちゃ」

だった。しかし世の中自体が何とかならないと、若夫婦の生活も何とかならない。

「でも、空襲がないだけ幸せね。いつ死ぬかわからなかったもの。あんな思いをするのは二度といや」

美代子の友だちも知り合いも、何人かは東京大空襲で命を落としていた。

「おれだってマラリアにかかって、体の具合が悪くなったから、命拾いをしたようなもんだ。上官や仲間からは足手まとい、役立たずって罵《のの》られたが、それで助かった」

恋人や婚約者が戦争で亡くなった話もたくさん聞いた。美代子は好きな人が生きて帰ってきて、結婚できたことだけでも、幸せだと思った。

無事に手ぬぐいを米に換えてもらい、あとは帰るだけになった。

「お参りでもしていくか」

浩に誘われて近くの神社に立ち寄った。

「ちゃんとした家が建てられるようになりますように。お父ちゃん、お母ちゃん、浩さん、みんなが元気で暮らせますように。お腹いっぱい御飯とおかずが食べられますように。そしてもんぺじゃなくて、着物が着られるようになりますように。えーと、それと……」

隣で手を合わせていた浩が、ぷっと噴き出した。

「おい、美代子、あれっぽっちのお賽銭《さいせん》でお願いするには、ちょっと図々しくないか。神様も呆れてるぞ」

「だって、お願いしたいことがたくさんありすぎるんだもの」

このときとばかり、美代子は普段、心に思っていることを吐きだしてしまった。浩にそういわれて後の言葉はもごもごと濁したが、叶《かな》うならばお願いしたいことは山のようにあったのである。

二人は米を背負い境内を歩き出した。東京の無味乾燥な焼け野原と違い、神社には緑がいっぱいに茂っている。

「ああ、いい気持ちだ。空気の匂いが違う。東京はいつまでたっても焼けたような嫌な匂いばっかりだ」

「本当にそうねえ。のんびりするし、何だかせいせいするわ」

浩は芝生の上に荷物を放り投げ、ごろりと仰向けになって大の字になった。

美代子はそれを見ながら、浩にも不便な生活を強いているのだと申し訳なくなった。四畳半に重なるように寝ているけれども、浩以外はみな身内である。美代子の夫とはいえ、他人である浩はやはり気兼ねがあるだろう。きっと手足を伸ばして寝るなんていうことは、戦地や入院していた病院も含めて、ここ何年かは全くなかったのではないだろうか。妻の家族の中で身を縮めて寝ている浩の気持ちを思うと、美代子はやるせなくなってきて、彼の隣に静かに座った。

「極楽、極楽」

「本当にいい気持ちねえ」

少しでも明るくと心に決めた。

美代子が緑深い景色を眺めていると、よりによって浩が押し倒そうとしてくる。

「ちょちょっ、ちょっと待って。何やってんの」

びっくりしていると、

「のびのびしたら、何だかその気になってきた」

と運ぼうとする。

「ちょっと待って。待ってってば」

いくら美代子がやめさせようとしても、浩はすでに臨戦態勢が整い、美代子の言葉に全く耳を貸そうとはしなかった。それでも美代子は、「まだ明るいのに」「いつ人が来るかもわからないから」とやめさせられそうな言葉をいってみたが、全く効果はなかった。

(ああ、神様、もう誰も来ませんように。誰か来たらどうしよう)

美代子はそれだけを願った。

下半身のあちこちがちくちくするので、いったいどうしたのかと美代子が目をやると、無数のアリにたかられていた。神様は願いを聞いてくれたのか、人は来なかったがそのかわりに、アリが徒党を組んでやってきた。

「きゃー、虫、きらーい、アリがいるーっ」

むきだしの足にアリがたかっていると思うだけで、美代子はぞっとした。

「アリ、アリ、きゃー、アリー、やだー」

結局、美代子がアリ、アリとわめいて事は終わった。芝生の上で身繕いをしながら、どうしてこんなことにと思った。

(いつも外じゃないの)

考えてみたら、部屋の中でした記憶がない。それでも美代子は母の教えを守った。家に帰って交換した米を見せると、両親は、

「これでまたしばらくは助かるね」

とうれしそうだった。両親の喜ぶ顔を見ると、美代子はアリに下半身を食われたことも忘れてしまった。そしてそれからも若夫婦の営みは、ずっと外で執り行われ続けたの

であった。

年が明けて間もなく、浩に就職の話があった。面接試験などというものではなく、先方はちょっと顔出ししてくれればよいという。場所は以前、美代子が父親と行ったことがある蒲郡《がまごおり》である。

「二人で行ってきたらいいじゃないか」

両親にいわれて美代子は、

(浩さんと旅行に行ける。これが新婚旅行なんだわ)

とうれしくなった。この家で生活しはじめて半年が過ぎていたが、新婚の夫婦らしい二人だけの時間など持てなかった。今回は夜十時すぎの鈍行で出て、翌朝五時前には蒲郡に到着する。日帰りは無理なので、旅館に泊まる。美代子はわくわくしてきた。新妻らしくあれもしてあげよう、これもしてあげようと思いはふくらみ、

(はじめて家の中でできるかも)

と今までの恥ずかしかった時間から解放されると思うと、

「やったー」

と両手を挙げたくなった。

しかし夜行の電車内は大混雑だった。ぶ厚い外套《がいとう》を着る季節なので、普通は三人が無理に座る座席にも二人しか座れず、人々が通路に新聞紙を敷いて座ったり寝たりしてい

るので、立錐《りっすい》の余地もなかった。幸い二人は椅子に座れ、足下の床にリュックを二つ置いた。

「相変わらず混んでるわね」

美代子が車内を見渡しながらいった。

「網棚に寝てる人がいないだけましだな」

浩がいうように、いちばんひどい混雑のときは、網棚にも人が寝ていて、列車の窓や出入り口から体が落ちないように、縄で体を縛って乗るような時期もあったのだ。向かい合った席に座っていたのは、初老の男性二人で、彼らはとても疲れた様子で、話しかけづらい雰囲気が漂っていて、美代子はひとことも会話を交わさなかった。

列車に揺られているうちに、薄暗い車内灯の光のなかで、みんな居眠りをしはじめた。向かいの席の初老の男性たちも寝入っている。

「おい、おい」

ちょうどいい具合に寝付いた美代子は、浩に起こされた。

「え、何？」

美代子は寝ぼけ眼《まなこ》をむりやり見開いた。

「ちょっと元気になってきちゃったんだけどな」

「えっ、あらー、困ったわねえ。それじゃあ、お手洗いに行ってきたらどう？」

「お手洗い、ったって……。見ろよ、人がずらーっといっぱい寝ていて、ここから行けるわけないだろう」

「うーん、まあ、そうねえ」

たしかにそれは不可能に近い。

「困ったわねえ、どうしたらいいかしら」

美代子は真剣に考えた。

「ねえ、辛かったことを考えたらどうかしら。そうしたら少しは収まらない？」

「やだやだ。子供のときに母親にいじめられたことや、戦地や病気のことなんか思い出したくもない」

「それはそうよねえ」

美代子にはいい案が浮かばなかった。そうこうしているうちに、浩は、

「じゃあ、ここに手を乗せてくれないか」

という。

「はいよ」

これで収まってくれるならと、美代子は素直に従った。ところが事態は収まらなかった。

「おい、収まるどころか、元気になりすぎちゃった」

「我慢できないの。少し我慢してよ」

「うーん」

浩はいちおうは努力をしているようではあったが、そのうち、

「我慢しすぎて気持ちが悪くなってきた」

と訴えるようになった。

「気持ちが悪いっていったって、どうしようもないじゃないの」

二人がごそごそと揉めている間も、向かい側の席の男性二人は、まったく目を覚ます気配はない。浩はひとつ大きく息を吐いた。

「お前、おれの上に乗れ」

「はあ?」

あっけにとられた。

「乗れったって、これじゃ乗りようがないじゃないの」

「何でもいいからとにかく跨《またが》ってくれよ。気持ちが悪くてしょうがないんだから」

「えー、どうして」

泣く泣くいわれるとおりにした。浩が外套を脱いで、露出した美代子の下半身を覆ったが、その姿は明らかに妙だった。ただでさえ身長が高いのに、そんな体勢になったものだから、背もたれから顔が丸見えになってしまう。

「あ、すぐそこにこっちを向いて本を読んでる女の人がいる」

その人が本から目を上げたら、目が合ってしまうのは間違いない。美代子は周囲の人に気づかれないかと気が気ではなかった。焼け野原や神社の芝生よりももっと困った状況になった。

「旅の恥はかき捨てだ」

「そんなこといったって」

「見られたって二度と会うわけじゃないんだから、すまして横を向いてろ」

横を向いてろといわれても、二十歳そこそこの新妻が、こんな状況で平気な顔なんかできるわけがない。ともかくすべてが早く終わりますようにと、願うばかりだった。

(あーあ)

ため息をつきながらいわれるがままになって間もなく、車内に声が響いた。

「沼津、沼津ーっ」

(ひゃーっ)

はじめたとたんに駅に着いちゃった。

「ぐーっ」

夫婦は同時に寝たふりをした。周囲の人の動きがどうなっているかなど、全くわからない。ただひたすら、

（顔を見られませんように、気づかれませんように）

それだけである。

列車は発車した。そーっと顔を上げてみると、周囲の人々には動きはなく、初老の男性二人は眠りこけ、本を読んでいた女性も寝たようだった。とりあえず美代子はほっとしたが、体勢はそのままだ。

「ねえ、まだ？　まだなの？」

とにかく早く終わらせてもらいたい一心で、美代子は浩に聞いた。

「うるさいな。お前が耳元でまだか、まだかっていうから、もうちょっとっていうところで、気が散ったじゃないか」

「そんなこといったって……」

一時間も二時間も経ったような気がしたが、やっと美代子はお役御免になった。

「おい、紙あるか」

「紙は鞄の中ですけど、網棚に上げちゃった」

「ばかだな。何でそんなことをするんだ」

「何でっていったって、こんなことになるなんて思わないわよ」

浩は締めていた越中ふんどしをはずして後始末をし、それを丸めて座席の下に放り捨てた。

「大丈夫か」

「大丈夫じゃありませんっ」

さすがの美代子も腹が立った。しばらくしていびきをかいて眠った浩を見て、もっと腹が立ってきた。

美代子は眠れないまま、蒲郡に到着した。浩を起こし、彼が捨てた越中ふんどしを持ってくるのも忘れなかった。とにかく物資が不足しているから、いくら越中ふんどしとはいえ、さらしを捨てるなんて、もったいなくてできない。

「ああ、寒い。何て寒いんだ」

駅を出ると浩は身震いした。そりゃあ、ふんどしもしていませんからねと美代子はいいたくなったが、黙っていた。会社に顔を出すまでまだ間があるので、ひとまず旅館で休むことにした。美代子の頭の中には、旅館の一室で和む新婚夫婦の図が浮かんでいた。やっと二人きりになれたねと浩がいえば、はいと俯《うつむ》く美代子。そこで二人は家ではできない熱い抱擁を思いっきりかわし、浩さん、お風呂はいかがと声をかけて、背中を流してあげる。そして誰に遠慮することなく、人目も気にせず、床に入る……。しかし今、美代子の目の前にいるのは、ふんどしなしで、

「寒い、寒い」

と訴えながら、がたがた震えている浩だった。

旅館に着くなり、美代子が布団を敷くと、彼は転がるように中にもぐり込んだ。事情を知った仲居さんが体温計と風邪薬を持ってきてくれた。

「三十九度もある。これじゃあ今日は無理だから、顔出しは明日にしたほうがいいわ」

「ああ」

浩は元気がなく、寒いを連発していた。

日中は寝たままの浩の世話をし、夜になって美代子は一人で風呂に入った。

(本当なら二人で入るはずだったのに。夜行の中であんなことをするから、この大事なときに風邪をひくのよ)

まあ百歩譲って、それも男性の生理として仕方ないとしよう。だったら旅館に着いたときに、

「悪かったな、恥かかせてごめんよ」

くらいのことをいって欲しかった。それが事が済んだとたんにぐうぐう寝るとは何事か。

「かーっ」

思いっきり力をこめてふんどしを洗ったが、いつまでたってもきれいにならないので、余計に腹が立ってきた。

部屋に戻ってふんどしを干している美代子を見て、

「そんなもの持ってきたのか」

と浩は小声でいった。

「当たり前でしょう。捨てたりしたらもったいないわ。だいたいふんどしを脱いだから風邪をひいたんじゃないの。一泊だから着替えなんて持ってきていないもの。乾いたらちゃんとつけてくださいよ」

「ああ、わかった、わかった」

仲居さんが持ってきたお粥《かゆ》をすすり、あっという間に浩は寝てしまい、美代子は納得できないまま床についた。

翌朝、少しだけ熱が下がった体で、八時に会社へ挨拶《あいさつ》に行き、とんぼ返りで列車に揺られて東京に戻った。

「おかえり」

事情を知らない母が、にこにこ笑いながら明るく迎えてくれた。

「浩さんが風邪ひいちゃって」

「そりゃいけないいね」

浩はぼーっとした様子で、家の中に入ってしまった。

「二人で少しはゆっくりできたかい」

母は母なりにこのような状態での、娘の新婚生活を不憫《ふびん》に感じていたのである。

「うん、楽しかったよ」

美代子はそういいながら、ちょっと涙が出そうになった。

其ノ弐

愛児誕生の巻

美代子と浩の愛の営みは、相変わらず外だった。

（こんなことが何年続くのかしら）

とさすがの美代子も将来を案じるようになったそんなとき、浩が土浦に出かけている留守中に荷物が届いた。

「美代子、また送ってくだすったよ。律儀な方だねえ」

母は荷札の名前を見てうなずいている。荷物の中身はニッサン石鹸《せっけん》だった。送り主は戦時中に父親と一緒に蒲郡に行ったとき、偶然知り合った組の親分である。美代子はかつての仕事柄、木綿の着物は持っておらず、出かけるとなると手元にある縮緬《ちりめん》のお座敷着を着るしかなかった。そのようないでたちをたまたま駅で見かけた親分が、彼女をどこかの組の姐《あね》さんと勘違いして、車内でも蒲郡に到着しても親切にしてくれ、おみやげに鱈《たら》の子や貴重品の石鹸まで持たせてくれた。のちに美代子がすっ堅気《かたぎ》とわかって恐縮した親分は、これからも石鹸を送ってさしあげるといい、時折石鹸が送られてきていて、それを売って美代子たちは生活の足しにしていた。戦争がひどくなって荷物は届かなくなっていたが、また最近、届けられるようになった。それも以前の倍の量である。

美代子は家の前に石鹸を少しだけ並べて、道行く人に声をかけた。みな貴重品の石鹸を見て買っていく。そしてあそこに行くと石鹸があると広まっていき、日を追うごとに買い求める人が増えていった。それを知っているかのように、親分からは以前にもまして頻繁に石鹸が送られてくるようになった。

「こんなに売れるなんて」

美代子は驚いた。男性二人がアミノ酸があれば……といっているのを聞き、

（そうだ、アミノ酸醤油《しょうゆ》があった）

と膝を打った。戦時中、美代子と父はアミノ酸の塊を手に入れて、それを拾ってきた肉挽き機で粉状にして、水とほんのちょっとの醤油で溶かして売っていた。とても売れたが、あまりに戦争がひどくなったので、そんな暇さえなくなっていたのだ。

美代子は父に、またアミノ酸を手に入れて欲しいと頼んだ。かつて塊を粉にしていた肉挽き機もどこかにいってしまったので、弟が自分が探すという。翌日、父はアミノ酸の塊を手にいれて戻り、弟は拾い集めた道具類を売っている人たちの所を見て回って、見事に肉挽き機を抱えて帰ってきた。容器は妹が近所で拾ってきた空き瓶を、きれいに洗って使う。美代子は粉にしたアミノ酸に、ほんのちょっぴり醬油を垂らして水で薄めた。

石鹼とアミノ酸醬油を並べて売ると、まるで飛ぶように売れた。しかし生産が追いつかない。遠方から噂を聞いてやってくる人々も多くなった。

「すみません、手持ちの瓶がなくなっちゃって売れないんです」

と断ると、わざわざ自分の家まで戻って瓶を持ってきて、

「これに詰めて」

という人もいた。遠方からはじめて買いに来たのに、瓶持参でやってくる人もいて、美代子は、

(人の口伝《くちづ》てというのは、すごいものだな)

と感心した。

美代子たちはだんだんお金が貯まっていった。特に石鹼のほうは仕入れ値がないので、丸儲《まるもう》け状態である。そして元気に立ち働いていた美代子は、子供ができているのに気が

ついた。両親も浩も大喜びした。

「体に気をつけて、元気な子を産んでおくれよ。美代子は私と違って丈夫だから、それほど心配はしてないけどね」

流産を四回繰り返し、やっと生まれた子も数か月で亡くした経験のある母は、

「とにかく体を冷やさないように」

と美代子の後をくっついて注意した。浩は、

「家をなんとかしなくちゃな」

とそればかりを気にしていた。

「美代子、心配するな。今まではお前にも苦労をかけたが、これからはおれが一人で何とかするから、金のことはおれにまかせておけ。石鹼とアミノ酸醬油で少しは蓄えもできたし、子供は新しい家で産もう」

浩にはっきりいわれて、美代子はとてもうれしかった。二人で焼け野原に座り、神社に詣で、何とか今の状態から抜け出したいと考えていたが、こんなに早く現実になるとは思ってもみなかった。

そして浩は言葉通り、昭和二十二年、大井町《おおいまち》の駅の近くに家を建て、家族は引っ越した。辺りにはまだぽつんぽつんとしか家がないような所だが、持ち家である。人生には節目があるようで、美代子の妹は急に結婚が決まって家を出、弟も就職が決まって寮に

入るので、新居には両親と若夫婦が住むことになった。

「本当にありがたい」

母は何度も同じ言葉を繰り返した。父は床柱《とこばしら》をさすりながら、

「さすがに素人が建てた家とは違うな」

とにが笑いをした。

「助かりましたよ。家のない人だって、たーくさんいたんだから。駅に行き場のない人がどれだけいたか。親のない小さい子供までいて。雨露がしのげて横になって寝られただけでも本当に幸せだよ」

母は戦後すぐの状況を思い出して、少し涙ぐんでいた。

「美代子、安心していい子を産んでおくれ」

「うん」

もともと体が大きいので、お腹が出てきたのかそうでないのかは、自分でもよくわからなかったが、新しい家で子供を産めるのは、美代子に将来への希望を持たせてくれる出来事だった。

石鹸とアミノ酸醤油でできた貯金だけでは、広いとはいえないが家を一軒建てるには足りないはずだ。その足りない分がどのようにして調達されたのか、美代子は知らなかった。浩が、

「すべて自分にまかせておけ」

といったのと、結婚前に母からいわれた、

「旦那さんのいうことを聞いていれば間違いはない」

といういいつけに素直に従い、実際、建てるのにいくらかかったかも知らなかった。

世の中も落ち着いてきて、人々も目の色を変えて石鹸やアミノ酸醬油を買うようなことはなくなったが、まだまだ暮らしは楽ではない。

「体にいいからね、これをお食べ」

母は美代子の体を気遣って、物資の乏しいなか、いろいろなものをこしらえてくれた。

「これ、なあに」

見たこともないものが出てきた。ままごと遊びで作ったような、茶色い代物である。

「ああ、これはね、ぬか団子」

「ぬか団子？」

「そう。体にいいものがたくさん入ってるんだってさ。なんせぬかだからね。あっちの右側のほうにさ、育ちの悪い木が立ってる家があるだろう。そこの奥さんが教えてくれたんだよ」

美代子はぬかが団子状になったものを、おそるおそる口にいれた。

「わわっ、ぬかみそが腐ったみたいな味がする」

母もひと口食べるとあわてて、かじりかけの団子を皿の上に戻した。

「こ、これは……。まずいね」

「戦時中もいろんなものを食べたけど、これはちょっと食べられないよ。お腹の子にも悪いような気がする」

「ほんとだね、やめておこう」

母は団子をぬかみそ漬けの壺に混ぜこんでしまった。

「ごめんね、びっくりしちゃったね」

美代子はお腹の中の我が子に謝った。

大井町に引っ越してから、浩が家に戻ってくるのは、十日に一度くらいしかなかった。そのたびに生活費を持ってきてはくれたが、またすぐに出ていってしまう。

「せっかく家を建てたのに、ゆっくりできないのね」

「仕事がうまくいくかいかないかの、いちばん大事な時なんだ。しばらくは我慢してくれ。おれのことは心配しないで、元気な子を産んでくれよ」

浩の身なりがだんだんよくなっていくのを見て、仕事は順調らしいと美代子は少しほっとした。彼は両親や美代子に、普段着の反物《たんもの》をおみやげに買ってきてくれたり、

「ひとつしか手に入らなかったんだ。これはお前がお食べ」

と、お腹の目立ってきた美代子に品のいい和菓子を手渡してくれたりした。毎日家に

は帰ってこないけれども、両親や美代子や生まれる子供を思いやってくれている。あの状況のなかで家を建てるなんて、無理をしたのではないだろうか。

「浩さんは、あたしたちのために一所懸命に働いてくれているんだわ」

少しくらいの寂しさは我慢しようと、美代子は心に決めた。

「浩くんは家に帰って来ないけど、どうしてるんだ」

と心配する父にも、美代子は、

「仕事がうまくいくかいかないか、いちばん大事な時なんですって」

と説明した。両親も金銭的な詳細は全く知らなかったし、知ろうともしなかった。ただ借金を背負ったであろう浩の体を案じていた。

「そろそろお産婆さんを探しておかないといけないね」

両親は春先から近所に誰かいないかと聞いてまわったが、まだ家が点在しているような人の少ない場所なので、お産婆さんは簡単に見つからない。

「困ったねえ。浅草にいたときは『お産婆さん』っていったら、そこここにいたもんだけど。こんなに探すのが大変だとは思わなかったよ」

母は自分と同じ思いを味わわせたくないと、お産に関しては慎重すぎるくらいに慎重になっていた。

両親は手分けして知り合いに頼んでいたが、お産婆さんを探している最中に、父は遠

い親戚に二十四歳の息子を七月の間だけ泊めてやってくれと頼まれ、

「この取り込み中に」

と母に呆れられていた。お産婆さん、お産婆さんと呪文のように唱え続けたのが通じたのか、やっと太った頼りがいのありそうなトメノばあさんが見つかった。

「ああ、これでほっとした」

小柄な母はぺたりと畳の上にへたりこんだ。

生まれてくる子には、あれもしてやりたい、これもしてやりたいと考えるものの、まだ物資が豊富ではないので、赤ん坊の支度も思うようにはしてやれない。配給のぺろんとした木綿の赤い布きれ一枚で、赤ん坊のきもの一枚分の丈もない。美代子は小さな袷《あわせ》のちゃんちゃんこを一枚縫った。親がしてやれるのは、健康に産んでやることだけだ。

「絶対、元気な子を産むわ！」

美代子は両手の拳をぐっと握った。

トメノさんからは七月が産み月といわれていた。

「初産《ういざん》が夏場になっちゃって、美代子にはちょっと気の毒だけど、これもまた授かりもんだからしょうがないね」

母は夏場のお産は、体力も消耗するし、お母さんも赤ん坊も日々汗まみれになってか

わいそうだという。美代子はそれを聞きながら、

（となると、お腹の子はあの小石の上でできた子だな）

と思ったが、さすがにそれは黙っていた。浩は相変わらず十日に一度しか帰って来ない。

「何だかお腹が大きくなったのだけ、毎月確認しに戻ってくるみたい」

さすがの美代子も、ぽろりと母に愚痴をもらすと、

「ま、お産のときに男の人は役に立たないからね。いてもいなくても同じさ」

とさばさばした口調でいわれた。

「そうか。それはそうだね」

美代子は素直に納得した。

七月になって二十四歳の見るからに純朴な青年がやってきた。

「お世話になりますっ」

畳におでこをすりつけるようにしてお辞儀をし、手みやげの干瓢《かんぴょう》を差し出した。そしてつつつと風呂敷包みを持って場所を移動し、

「ここで結構です」

と廊下のどんづまりで正座をしている。

「あんた、そんなお手洗いの前に座られても困るからさ、こっちにおいで」

母が手招きすると、恐縮しながら両親の部屋の隅っこにちょこんと座った。

「ここにいる間は自分の家だと思うんだよ。遠慮なんかするんじゃないよ」

「遠慮されるとこっちが肩凝っちゃうからさ。変な気遣いはなしだ」

両親の言葉を聞いた彼は、

「は、はい。ありがとうございますっ」

とまた畳におでこをすりつけた。

「そんなことばかりしてたら、いくらおでこの皮が厚くても間に合わないね」

両親に笑われた彼は、照れくさそうに何度もおでこをこすった。浩がほとんど家にいないので、彼はちょうどいい用心棒がわりになってくれた。

臨月の七月に入ると、予定日は十三日くらいといわれた。母は初産のときは日にちがずれるといっていたが、美代子の陣痛は十二日の午後三時ごろからはじまった。最初はちょっと痛くなってきたなあという感じだったが、その痛みがだんだん強くなってくる。夕方六時になってやってきたトメノさんは、

「この分だと八時か九時ぐらいだから、また来ます」

と帰ってしまった。

（えーっ！）

いたた、いたた、とうめきながら美代子はびっくりした。

「な、何で帰っちゃうの」

こんなに痛いのに、お産婆さんがそばにいないと不安でたまらないが、そんなことを考え続けられないほど、お腹が裂かれるように痛い。最初は、

「いたたた」

で済んでいたが、だんだんそんな生やさしいことはいっておられず、

「うーうー」

というめき声しか出なくなった。

「すぐにトメノさんが来るからね。もうちょっとがんばるんだよ」

母は美代子の手足をさすってくれたが、そんなことで収まるような痛みではなかった。時間どおりトメノさんはやってきた。風呂敷包みの中からしめ縄みたいなものを取り出した。美代子は、

「それは何ですか」

と聞く元気も暇もなく、ただただうめき続けていた。トメノさんは黙って、しめ縄を美代子の頭にぐるりと巻き付けて縛った。

(これは何？　このおでこの縄は何なの)

と頭の片隅で思いながら、下半身全体を支配する鋭い痛みに耐えるしかない。

「うーん、これは時間がかかりそうです」

トメノさんの顔は暗くなった。八時か九時の予定が、その時間になっても一向に生まれる気配はなく、美代子の陣痛はひどくなるばかりで、深夜になってからは、

「うおー、うおー」

と地獄の底から吠えるような声しか出なくなってきた。あまりの痛みに耐えきれず、美代子は布団の上で大暴れである。

「ああ、美代子のあんな声は聞いていられない」

母は両手で耳をふさいで家を出てしまった。取り残された父と青年は、あまりのすさまじいうめき声に圧倒され、隣の部屋でなすすべもなく、置物のようにちんまりと座っている。

「ちょっと、誰かあ、体を押さえて。手ぬぐい持ってきて、手ぬぐい！」

美代子が舌をかまないようにと、トメノさんが叫んだものの、いつまでたっても誰もやって来ないし、手ぬぐいも届かない。

「ちょっと、何やってんのーっ。早く、手ぬぐい持ってきてえ」

もちろんトメノさんの叫び声は、父にも青年にも聞こえていた。が、あまりのすさまじさに二人とも、腰を抜かして体が動かなくなっていたのであった。

「あの、て、手ぬぐいっていってますけど」

青年が震えながらいった。

「わ、わかってるよ。わかってる。おい、お前、持ってってやれ」

「えーっ」

彼は目を丸くした。あの大声だけでも恐ろしいのに、襖《ふすま》を開けたらどんな地獄絵図が待っているかと思ったら、目に涙があふれてきた。

「………」

無言で頭をぶんぶんと横に振った。涙目で嫌だと訴えかける姿を見た父は、

「うーむ」

とうなり、這《は》うようにして台所に行った。

「あんたんちは、薄情だねえ。こんなにあんたが苦しんでるっていうのに、誰も何も手伝いに来ないなんて。何て薄情なんだっ」

痛みのために手足を振り回して大暴れする美代子の体を押さえながら、トメノさんは怒った。

襖が少し開き、ぽんと何かが投げ込まれて、静かに襖が閉められた。トメノさんが目をやると、畳の上に穴の開いた雑巾が転がっていた。

「こんなもの、口にかませられないでしょうよっ」

「そ、それしかないんです」

父は小声でいった。

「ないわけないでしょっ」

トメノさんが怒鳴りつけても、替わりの物は届けられず、仕方なく美代子は雑巾を口にくわえさせられた。頭には太いしめ縄を巻かれ、口には雑巾を突っ込まれた姿で、美代子は、

「うおー、ぐおおおー」

と吠え、大暴れし続けた。

「お湯沸かして、お湯」

出産が近いと判断したトメノさんが叫んだ。

「ま、薪がないから沸かせません」

父の声はますます小さくなるばかりだ。

「何いってんの。あんたのうちはガスがあるでしょうっ」

「あ、そうだった」

父は台所に湯を沸かしにいった。とにかく気が動転しているのである。

「まったく、もう」

トメノさんはぶりぶり怒っていた。

十三日の早朝、美代子は苦しんで苦しんで苦しみ抜いたあげく、無事、出産した。産声を聞いたとたん、全身から力が抜けていった。

「ああ、よかった。元気な女の子ですよ」

トメノさんが産湯を使わせた赤ん坊を、美代子の隣に寝かせてくれた。ものすごーく頭が長くて、途中に窪《くぼ》みができている。

「この子、福禄寿《ふくろくじゅ》みたいじゃないですか。それに不細工だし。大丈夫なんでしょうか」

「赤ん坊は骨が柔らかいからね。生まれたてのときはそうなることもあるんですよ。だんだん赤ん坊らしく、かわいくなるから心配しなくて大丈夫」

トメノさんは自分の額の汗をぬぐいながら、そういってくれた。このまんまじゃないんだと美代子はほっとした。

「くれぐれもいっときますけど、赤ん坊、つぶさないでね」

ちょうどそのとき玄関のほうから声がした。

「ただいま」

母だった。

「今さっき、生まれましたよ。いったいどうなすってたんです」

トメノさんは母にも怒った。

「ああ、生まれたのかい美代子。ごめんよ。お前のあんな声を聞いてたらもう、辛くて、辛くて。でも行くとこもないからさ、ずーっとこの辺りを歩いてたんだよ」

母は布団ににじり寄り、

「ああ、よかった。無事に生まれてきてくれて。ありがたい、ありがたい」

と赤ん坊に手を合わせた。

「お父さんたちはどうしたかね」

母が襖を開けると、そこには男二人がぐったりと、畳の上に倒れ込んでいた。

「ちょっと、どうしたのさ」

二人とも声も出ない。

「まるであんたたちが、お産したみたいじゃないか」

美代子にとっても初めての衝撃的な経験だったが、それは男たちにとっても同じであった。

乳が出ないので、トメノさんはほんの少し持ってきた砂糖を水にとかして、赤ん坊の口にふくませてくれて、帰っていった。家中、ぐったりしているところへ、

「おはよー」

と明るい声が聞こえてきた。結婚したばかりの妹夫婦である。

「あら、どうしたの」

倒れ伏している男二人、目の下に隈《くま》をつくっている不眠の母。布団の上で髪の毛をふりみだしている美代子。そして隣で元気よく泣いている赤ん坊。妹はきょとんとしている。

「あら？　姉ちゃん、お産だったの。知らなかったあ。いつ産んだの」

「いつって、今産んだばっかりだ」

「へーえ。まあ、ずいぶん不細工ね」

「これからかわいくなるんだよ」

「あらそうなの」

　あの大騒動から十五分か二十分くらいしか経っていないのに、妹夫婦は畳の上に座り込んで、うれしそうに新婚生活について話し始めた。みんなは茶菓子を食べながら、四方山《よもやま》話をしているが、美代子にはたった一杯の白粥《しらかゆ》だけである。疲労困憊《こんぱい》しているというのに、妹夫婦がやってきたおかげで、眠るに眠れなくなってしまった。

　トメノさんに赤ん坊をつぶすなといわれたものだから、美代子は眠くなってくると、両腕を上に挙げて万歳の体勢で寝るようになった。母は二日経っても乳が出ない美代子のために、どこからかお餅を調達して味噌汁に二切れ入れてくれた。

「これを食べたらきっと出るよ」

　その通り、餅入り味噌汁を飲んだら、もともとはあまり胸は大きくないのに、急にどーんと大きくなって、ものすごい勢いで乳が出てきた。あまりに出過ぎて赤ん坊がむせるので、気をつけてやらないといけないくらいだった。いくら搾っても乳が余り、母はそれを育ちの悪い庭の苗木に撒いた。乳が痛むと訴える美代子に、母は乳揉《ちちも》みを頼もう、楽になるからという。しぶしぶうなずくと、カイゼル髭《ひげ》を生やした、見るからにいやらしそうな先生がやってきた。

（こんな人に揉まれるなんて）

美代子はうんざりしてきた。

「本当に泣くほど痛いんです。だから触らないでください」

乳揉みを頼んで、触らないでくださいというのも矛盾しているが、積極的に揉んでくださいとはいい難いのは事実であった。

「はい、わかりました。大丈夫ですからね」

見かけによらず、彼はとても親切だった。乳の上に温めたタオルを置いて、脇のほうから揉みほぐすようにすると、ものすごい勢いで乳が出る。

「お乳の質を調べさせていただきます」

彼は乳を採って帰っていった。次の乳揉みの日、

「とても質がいいお乳ですな。宮中ではお子様が生まれたときに乳母をお召しになるので、あなたのお名前を候補として書かせていただいて、そういう折りがあったら上がっていただきたい」

という。

「はあ、左様でございますか」

「お乳はこちらは御飯、こちらがおかずと、両方に役目がありますから、必ず両方のお乳を飲ませてあげてください」

「はあ、左様でございますか」

思わず丁寧な口調が癖になってしまい、母に、

「どうしたの、あんた。乳揉みをしてもらって、どうにかなっちゃったのかい」

と笑われた。

浩が赤ん坊と対面したのは、生まれてから一週間後だった。

「そうか、これがおれの子か」

彼は感慨無量といった顔つきで、赤ん坊を抱っこして、美江《よしえ》と名付けた。

「子供も生まれたことだし、ますます頑張らなくちゃな」

浩はまた家を出ていった。子供が生まれても、以前と同じように家に帰ってくる日にちのほうがはるかに少なかった。

美江が満一歳半になったころ、美代子はまた妊娠したのを知った。これまで自分はあまりに夫の仕事に関して無頓着《むとんちゃく》だったのではないか。子供が成長して、

「お父ちゃん、何してるの」

と聞かれて、

「さあ、何だろう」

というのでは話にならない。美代子は久しぶりに戻ってきた浩に正直に話した。

「あなたは心配するなっていってたけど、あたしだけのときはいいけど、これから子供が二人になるし、少しはお仕事のことも知っておいたほうがいいと思うの」

浩は実はパチンコ屋を開いていたと説明した。

「パチンコ屋?」

美代子は驚いた。パチンコ屋は地元のその筋の方々と縁が深く、そのへんをうまいことやらないと、新しく商売ができないのだといい、

「万事うまくいって、儲かっているぞ」

と胸を張った。

「危ないことはないんでしょうね」

「ないない。心配するな。安心してまた元気な子を産んでくれ」

両親にも報告しなくてはと、聞いた通りの話をすると、

「ああ、そうか」

といっただけだった。

妊娠も二人目になると、美代子にも多少、余裕がでてきた。ここ一年で近所にもお産婆さんが引っ越してきて、わざわざトメノさんを呼ばなくても済むようになった。今度のお産婆さんはトメノさんと同じように太っていたが年齢は四十代で、美代子がお産の

ときに頭にしめ縄を巻かれた話をすると、大笑いしていた。彼女のいう予定日は美江と同じ七月十三日だった。それを聞いた父は、

「いや、おれが十七日生まれだから、十七日に生まれるような気がする。もしそうだったら、きっと男の子だぞ」

と決めつけているし、母は母で、

「顔がきつくなっているから、男の子に間違いないよ」

という。美代子はそんなものかと聞き流していたが、七月十三日には何事もなく、十七日の朝八時前に陣痛がきた。

「ほら、ごらん、いった通りだ」

両親はうなずいている。美代子は前のお産があまりに大変だったし、その上、産後に食べさせられたのは白粥だけだったので、行水を使った後、今回はお産に臨む前に好きなものを食べようと思っていた。その日はじりじりと暑く、氷小豆《こおりあずき》が無性に食べたくなってきた。

「お母ちゃん、あたし、食べてくる」

「ばかだね、お前は。陣痛がはじまってるっていうのに。お産婆さんだってもうすぐ来るんだよ」

「痛いんだけど、どうしても食べたいのよ」

「しょうがないねえ。じゃあ、いっといで」

美江を抱っこした母に見送られて、いたたたとうめきながら甘味屋に行った。

「陣痛がはじまってて、それでも氷小豆が食べたくて来たの。お願いだから食べさせて」

「うーん、でも小豆をまだ煮てないものねえ」

「どうしてもだめ？」

「小豆キャンディーならあるんだけど。小豆も昨日の残りがあれば、すぐにこしらえてあげられるんだけど。だいいちあんた陣痛で痛いっていってるのに、ここで生まれちゃ困るから、早く家に帰りなさいよ」

美代子は仕方なく小豆キャンディーを三本買った。いたた、いたたとうめきながらも、

「いつどこで産んじゃうかわからないから、食べちゃお」

とガリガリかじりながら歩いた。ちょうど三本食べ終わったところで家に着いた。お産婆さんは準備万端整えて待っていた。すでに母から氷小豆の件は聞いていて、美代子の顔を見て、

「ああ、元気で結構、結構。全部食べた？　そりゃあ、よかったですね」

とうなずいている。

「で、痛いんです」

「じゃ、こちらへ上がってください」

すでに布団の上に油紙が敷かれていた。

「あの、お手洗いに行ってきていいですか」

「いいですけど、あんたお手洗いで産まないでくださいよ。産んでもいいけど落っことさないように」

無事、用便も済ませて美代子は二度目のお産に臨んだが、今回はちょっとだけうなったら、あっという間に生まれた。元気な男の子だった。

「あーら、何て楽ちんなんでしょ」

同じお産だというのに、こんなにも違うとは思ってもみなかった。

「くれぐれもいっときますけど、赤ん坊、つぶさないでください」

この人もトメノさんと同じ事をいう。

「はい、わかりました」

そう返事をしながら、

「あたしってそんなに赤ん坊をつぶしそうな顔をしてるのかしら」

と首をかしげ、万歳の体勢で心おきなく眠りについたのであった。

其ノ参 強烈嫁いびりの巻

　二人の子供、美江と哲雄《てつお》は病気ひとつせずに元気に育ってくれた。下の子がよちよち歩きをするようになり、自分の手から両親に少しでも小遣いを渡したいと、美代子は近所の娘さんや旦那衆に長唄を教えたりするようになった。浩の商売も順調らしく、大井町の駅前に小さな居酒屋を出したという。浩は美代子の目の前で、どこで修業をしたわけでもないのに、器用に焼き鳥を焼き、トンカツ、コロッケを揚げてみせた。

「まあ、上手ねえ」

　美代子は目を見張った。おまけに食べるとおいしい。

「こんなこと、誰でもできるさ」

といった後、美代子に店をやれという。

「あたしが？」

「他に誰がやるんだ。子供はお義母《かあ》さんに見てもらえばいいじゃないか」

そういわれて店に立ったものの、家で作るのと店で客に出すのとでは勝手が違う。客には、

「あれ、このカツ、真っ黒なんだけど」

といわれたり、

「なんだか固いなあ」

と首を傾《かし》げられたりした。それでも美代子が一所懸命にやっているのを見て、いやみもいわずにちゃんとお金を払ってくれた。

一方、浩は居酒屋を美代子にまかせ、相変わらずたまに家に帰ってくる生活だったが、持って帰ってくる金額も倍々になっていった。

「子供も元気に育って、仕事も順調。親たちも無事だ。ありがたいことだ」

美代子は、浅草で生まれ育った習い性で観音様に感謝したものの、いかんせん、日々忙しくてたまらない。夜は居酒屋をやりますからお稽古《けいこ》はやめます、というわけにもいかず、朝から晩まで働かなくてはならなくなった。

「そりゃあ、ありがたいとは思ってるよ。でもさ、どうしてお前が、そんなに髪振り乱して働かなくちゃならないんだい」

両親は不満をもらすようになった。

「芸者を続けていりゃあ、今頃はいい縮緬《ちりめん》の御座敷着を着て、三味線の腕も活かせるものを……」

特に父は、華やかな芸者から地味な着物を着て働きづめの生活になってしまった美代子を憐《あわ》れんでいた。

しかし美代子は自分を不幸とは思っていなかった。あのときはあのとき、今は今。浩のいう通りについていくのが、妻としての務めなのだ。そんなとき、ふと頭に浮かんだのは浩の両親のことだった。浩は新婚当初から、美代子の両親と同居してくれた。婿として遠慮や肩身の狭い思いもしただろう。自分はそれに甘えていたのではないか。嫁としてあまりに浩の両親をないがしろにしていたのは間違いなく、浩が生活費と子供たちへの土産を持って帰ってきたときに、常々心に思っていたことを話した。

「土浦のお義父《とう》さんたちに申し訳なくて。嫁として何もしてないのよ」

「別にいいさ」

「そんなこといったって、あなたのご両親に対して、あたしが知らんぷりで放っておくわけにはいかないでしょう」

「気にするな。放っておけばいいんだ」

「どうして？」

「いいんだよ。あっちは」

うるさそうに浩はいい放った。

「いいわけありませんっ」

美代子も意地になった。

「お義父さんたちの面倒を見てあげたいの。実の娘じゃないから、親孝行とはいえないけど、嫁として親孝行の真似ごとくらいはしてあげたいのよ」

そういったとたん、浩は、

「えーっ」

と叫んで目を剝《む》いた。

「それだけはやめろ。気持ちはありがたいが、おやじはともかく、おふくろのほうは、まともじゃないんだから」

「まともじゃないって？」

「とにかく人間じゃなくて、あいつは化け物なんだ。とても太刀打ちできるような代物じゃない。おれが東京に出てきた理由を知ってるだろう」

浩は継母《ままはは》にいじめられて、それが嫌で小学校卒業と同時に五銭玉一個を握りしめて、土浦から上野まで線路づたいに歩いてきた。行く当てもなく上野駅のベンチで三日間寝起きしていたところを、履物屋の主人に声をかけてもらい、奉公するようになったという話は知っていたが、根掘り葉掘り聞いてはいなかった。

実母は夫の深酒が原因で、浩が五歳のときに家を出ていった。そこへ継母としてやってきたのが、旅館の一人娘の寅年《とらどし》生まれのとらだった。

「おめえはかわいぐない。顔を見るのも嫌だ。あっちーいけ」

追い払われ、ろくに食事ももらえなかった。たまに御飯を食べさせてくれると思ったら、隣に座って浩の体をずっとつねり続ける。機嫌の悪いときは農具で殴られたり、足《あし》蹴《げ》にされたり、浩はとらにいじめられ続けた。父がとらを叱っても意に介さず、

「お前が告げ口すっからだ」

と浩はまた殴られた。自分のふがいなさを酒でまぎらわす父は、農作業が終わると浴びるように酒を飲んでは寝てしまう。浩は、

「こんな暮らしは嫌だ」

と小学校を卒業するまでは歯を食いしばっていじめに耐え、家を捨てて逃げるように東京にやってきたのだ。

「そんな化け物なんだから、美代子が行ったってだめだよ。本当にものすごいんだから」

浩はまるで恐ろしい怪物でも見たかのように話した。それを聞いても美代子は、じゃあやめるとはいえなかった。美代子の両親は、新築の家に住まわせてもらい、毎日、かわいい孫たちの顔も見られる。しかし浩の両親はたった一人の息子に家を去られ、二十年も放ったらかしにされているのだ。

「昔はそうだったかもしれないけど、きっとお義母さんも歳を取って荒れることはないんじゃないかしら。孫の顔も見られなくて寂しいと思うけど」

浩は美代子の言葉をじっと聞いていた。

「うーん、でもちょっとやそっとのものじゃなくて、ものすごいからなあ。親孝行のひとつもしてないのは、事実なんだが」

「あなたのご両親がいるんだから、そちらで暮らすのが本当なんだと思うのよ。これまではあなたがこちらに出てきていたのと、戦争のごたごたなんかで、うちのほうばかりが世話になっちゃったけど、やっぱりあたしは知らんぷりできないわ」

「そこまでいうのなら好きにすればいいけど、これだけやめろっていっても、美代子がそうするっていったんだから、何が起こっても知らないからな」

浩は最後まで消極的だった。しかし美代子としては、お互いの両親に平等に親孝行をしたい。うちの両親だけがよくしてもらうのは、罰が当たると考えたのであった。

美代子は自分の両親には、このまま大井町に住んでもらいたかった。本来ならば土浦で浩の両親と同居をすればいちばんいいのだろうが、そうなると万が一、自分の両親の具合が悪くなった場合、土浦からここまで通うのは大変だ。そこで考えたのは、浩がパチンコ店を出していた、松戸だった。ちょうどお互いの両親が住む場所の中間点でもあるし、人手が必要なときに店も手伝える。そのかわり、店の上がりよりも、浩がこっそり飲んでしまう飲み代のほうがかさむようになった居酒屋は、閉店しなくてはならない。

「ね、そうしましょ」

美代子は自分の考えを浩に伝えた。

「うーん」

それでも彼は渋っていた。

「本当にいいのか。そんなにいうのならそうするが……。何度もいうけど、本当に化け物なんだから」

「若い頃は化け物だったかもしれないけど、お義母さんだってそれなりにお歳なんだから、丸くなっていますって。孫の顔を見たら化け物でなんかいられなくなりますよ」

浩は美代子の決意が固いとわかり、松戸に自分たちが住む家を建て、転居することになった。事情で引っ越すとなったら、長唄のお弟子さんたちにも断りやすい。

「あちらのご両親には、よくよくご挨拶《あいさつ》するようにな」

「浩さんがこれだけしてくれたんだから、美代子もお義父さんやお義母さんに、よくしてさしあげるんだよ」

美代子の両親はそういってくれた。孫と別れるのはとても辛そうだったが、

「松戸からだったら、遊びに来られるから」

と慰めて大井町を離れた。

松戸の二階建ての家は、一階が店舗になっていた。美代子は普通の一軒家が建っているものだとばかり思っていたのだ。

「せっかく家を建てるのに、それだけじゃもったいないじゃないか。ここで水菓子屋とお菓子屋をやる」

浩は商売がうまくいっているので、何かのきっかけがあると、すべて商売につなげて考えているようだった。美代子は美江の手をひき、哲雄をおぶって、浩が出したパチンコ屋を見に行った。店は繁盛していて、にぎやかに玉の音が聞こえている。これまで話でしか聞いていなかった浩の仕事をはじめて見て、美代子はそれが嘘ではなかったのと、店が繁盛していたのでひと安心した。休み時間にパチンコを打ちにきている駅員さんや近所の商店主が多かったが、長時間打ち続けている人もいる。椅子があるわけでもないので、ずっと立っているのは辛そうだった。美代子はただ機械を置いているだけではだめではないかと考え、家の一階の店舗の準備が調《ととの》うまで、店を手伝うと浩に申し出た。浩はやめろともやれともいわず黙っていた。美代子は子供を店の奥で遊ばせて、裏方に

まわった。長時間打っている人には、

「サイダーでも、飲んでくださいよ」

とサービスした。玉が詰まったおわびに、ちょっとおまけをして多めに出したりもした。そうされると客は、サービスをしてもらったからと、玉が出ても景品と交換しないで帰っていく。美代子が手伝うようになってから、売り上げは増えていった。

妹にもたまに手伝ってもらった。

「お姉ちゃん、見てごらんよ。すっごくきれいな女の人がいるよ」

妹が手招きするので、美代子がパチンコ台のほうに首を伸ばして見ると、そこだけ光り輝いているかのような、洒落《しやれ》た太い縞お召しを着た、絵に描いたような美人が打っていた。清楚というよりも、あでやかな大人の雰囲気が色っぽい。美代子はかつて自分が働いていた花柳界を思い出した。

「本当に美人だねえ。女でも美人を見るのは眼福《がんぷく》だね」

美代子はまたすぐ店の裏方にまわって働いた。

一階の水菓子屋とお菓子屋の商品もすべて揃い、あとは開店するだけとなった。

「美代子だったら一人で十分できるさ」

浩に励まされ、彼がパチンコ店を繁盛させているのなら、私は水菓子屋とお菓子屋を繁盛させようと、やる気が出てきた。

「あとはお義父さんたちが、引っ越してくるだけだわ」

子供たちにも、

「お父ちゃんのほうの、おじいちゃんとおばあちゃんが来るからね」

といっておいた。

土浦の家を引き払って、行李《こうり》と茶箪笥《ちゃだんす》と仏壇といった程度の荷物と共に、浩の両親がやってきた。駅前に経営しているパチンコ店があるのだから、浩がもっと家にいてもいいはずなのに、相変わらず、

「忙しい」

と家に帰ってくる日数はいっこうに増える気配がない。初対面のときくらい、浩が紹介してくれてもいいのに、美代子は自分で、

「よろしくお願いします」

と頭を下げなくてはならなかった。

「このたんびはいろいろと世話になったこって。おお、これが美江と哲雄か」

見るからに善良そうな義父の正一《しょういち》は、ぺこりと頭を下げ、美江と哲雄の頭を撫でた。

お義父さんの後ろが何となく暗いなあと思ったら、そこにいたのが噂のとらだった。

白髪頭をおばこに結って、筒袖の上着に手ぬぐいを首に巻き、丈の短いもんぺ姿で足駄《あしだ》を履いている。

「美代子です。よろしくお願いします」

頭を下げ、顔を上げると、彼女はただ棒のように突っ立っているだけだった。一言もいわず、美代子の姿を一瞥《いちべつ》して、

「ふんっ」

と鼻息を出したかと思うと、ずんずんと家の中に入り、

「どこがおらたちの部屋か」

と怒鳴った。二人の部屋になる二階の六畳間に案内すると、とらは勢いよく窓を開け、

「あーあ、こんなとこより、土浦のほうがずーっとえがった」

と大声でいった。

「こらっ、こんな新宅まで建ててもらあて、何いうか」

正一に叱られてもとらはそっぽをむいていた。

美代子は聞こえないふりをして、

「お茶を淹《い》れてきます」

と部屋を出た。

「あれが化け物かあ。噂通り、大変な代物だわ。でも孫もいるし、一緒に住んでいるうちに何とかなるわ」

台所で美代子はつぶやいた。子供たちも不穏な雰囲気を感じ取ったのか、顔はこわば

り、美代子の割烹着《かっぽうぎ》をぐっと握りしめていた。

お茶を出すと、とらは、

「まじいっ」

と叫び、一口飲んだだけで、音をたてて茶托《ちゃたく》の上に茶碗を置いた。正一はすまなそうな顔で、美代子にちょこっと頭を下げた。

「人の気持ちが通じないわけないわっ。お座敷に出てたときでも、どんな人ともちゃんとうまくやれたもの」

美代子は裏庭で大きく両手を回して、気合いをいれた。

とらの服装はほとんど毎日、変わらなかった。気に入っているのかケチなのか、着替えは上下とも一枚ずつしかなく、毎日朝に着ていたものを昼間には必ず脱ぎ、それを洗濯してまるで昆布のようになるまで糊をつけて着ていた。

(戦時中じゃあるまいし、もうちょっとましな格好でいてくれないものか)

と思ったが口に出せない。手ぬぐいをかぶり、もんぺに足駄姿で家の周辺をぐるぐると歩き回っていた。

朝になると、

「哲雄、さ、飯食え」

とよちよち歩きの哲雄だけをちゃぶ台の前に座らせ、茶碗の御飯にぼこぼこと穴を開けて、そこに卵一個を割り入れた。そしてまた卵を手にしたので、いったいどうするのかと美代子が見ていると、その上にまた割り入れたので、思わず、

「あっ」

と声をあげた。とらはそんなことにおかまいなく、醤油《しょうゆ》をどぼどぼと注ぎ、生卵がどろーんとちゃぶ台の上にこぼれるのもかまわず、ぐるぐるとかきまわし、

「さ、食え」

と茶碗を哲雄の前にどんと置いた。横には美江が座っているのだが無視している。

「卵が二個あるんだから、哲雄に二個やらないで、美江にも一個やってくださいよ。ほら、こぼれているから、美江の茶碗にわけてやってください」

「美江はいらね。哲雄だけが食え」

「ほらほら、またこぼれてますよ」

「うるせえーっ。だいたいがよめっつーもんは畳の上へ座って飯を食うもんでねえ。だいどこで立って食うもんだ。それを図々しく座って食いやがって」

怒鳴り声と共に、茶碗は放り投げられ、座敷に卵かけ御飯が飛び散った。とらはざくざくとお新香だけで御飯をかきこみ、外に出ていってしまった。正一はきまりがわるそうに体を縮めていた。哲雄はきょとんとし、美江は泣いたりわめいたりすることもなく、ぐっと唇をかみしめていた。とらは人なつっこい哲雄だけをかわいがり、そうではない

美江に対しては、

「かわいぐね。何だ、このぶすくれが」

と罵《ののし》った。そのたびに美代子は、

「お父ちゃんからちゃーんと、おばあちゃんを叱ってもらうからね」

と慰めるしかなかった。浩が帰ってきても、家の中の雰囲気は全く変わらない。だいたい浩もこのとらが嫌で家を出たのだから、相変わらず険悪な空気はそのままだった。

夏場、美代子が哲雄のおむつを洗濯しようとすると盥《たらい》がない。店から庭から家の中を探し回っても、どこにもないのである。いったいどこへいったのかと、汗だくになって探したあげく、店の前にぼーっとつったっているとらに声をかけた。

「盥知りませんか」

「知んねえよ」

「困ったわ。盥がないとおむつが洗えなくて」

「盥なんかで洗うもんでねえ。汚ねえ。雑巾洗うバケツで洗え」

「そんなふうにはいかないんですよ」

そういえばとらが持ってきた盥も見あたらなかった。いったいどうしたのかと仕方なく他の用事をしていると、とらが自分の盥で洗濯をしている。美代子はそれをじっと見届け、その盥をどこに置いているか後をつけていった。するととらは一階の台所の横の三畳間の畳を上げ、その下に盥をしまったのである。

「お義母さん、何してるんですか」

突然、美代子に踏み込まれて、さすがのとらも驚いた表情になった。根太《ねだ》を二枚はずし、そのすきまにとらの盥が置かれ、手の届かないもっと奥のほうに、美代子が使う盥が放り投げられていた。

「けっけっけ」

甲高い声でとらは嗤《わら》って、足駄を履いて出ていった。

「どうしてこんなことをするのよっ」

やっとの思いで盥を取り戻した美代子は、怒りにまかせて、ごしごしとおむつを洗って庭に干した。それから家中の掃除をし、ふと二階から庭を見ると、竿におむつが一枚もかかっていない。びっくりして階段を駆け下りると、妙な気配が家の裏側から漂ってくる。そーっと裏にまわってみたら、そこには七輪に炭を熾《おこ》し、その上でおむつをかざしている汗まみれのとらの姿があった。

「お義母さんっ」

「おら、何もしてねえよ。乾かしてやってるだけだ」

「夏なんですから、そんなことしなくたって、すぐに乾きますっ」

美代子はおむつを奪い取って家の中に入った。背後からはまた、

「けっけっけ」

が聞こえてきた。炭火にあぶられて熱を持ったおむつを、哲雄のお尻には当てられない。おむつが濡れてむずかる哲雄に向かって、

「ごめんね、今、冷ましてあげるからね」

と謝りながら、おむつを束にしてぶんぶんと振りまくった。

それからも御飯を作ろうとすると、まな板がなくなっていたり、包丁がなくなっていたりした。

「お義母さん、知りませんか」

と聞いても、とらは知らんぷりをしてそっぽを向く。そのたびに美代子は家中を宝探しするはめになった。押入の奥や縁側の下、天袋の隅や行李の間から物が出てくると、

「ざまあみろ、見つけてやった」

と戦いに勝利した気分になった。美代子がまな板や包丁を見つけ、おかずを作り始めると、とらは悔しそうに美代子の背中をにらみつけていた。

たまーに帰ってくる浩にその話をすると、

「ほら、いったとおりだろ」

という言葉しか返ってこない。それはそうなのだが、そういわれると困ってしまう。

「どうしてこんなことをするのかしら」

「だから人間じゃなくて、化け物だっていったじゃないか」

いつも美代子の愚痴はそれで片を付けられた。

御飯の準備をしていると、珍しくとらが、

「手伝ってやんべ」

というので、

（改心したのかしら）

と見ていたら、お釜をガスコンロの上に載せて、炎を全開にしてうちわでじゃんじゃんあおぎはじめた。

「おか、お義母さん、あぶない、あぶないじゃないの」

「ガスだか何だか知んねえが、こんな火で飯は炊けね。薪とおんなじようにせねば」

「これは薪とは違うんだから、あおいだらあぶないの。火が消えてガスを吸ったら死んじゃうんだよ。あぶないからやめて」

「こんなもんで炊いた飯を食わせやがって。薪で炊け、薪で」

うちわを手にガスコンロの前で大暴れをするとらを、後ろから羽交い締めにして、台所から追い出した。

「このきこっ（野郎）、いじやけるっ（腹が立つ）」

そのとき、

「うるせえ、ばばあ」

と大声がした。正一が出てきてとらを怒鳴り、部屋にひきずっていった。

「いてて、何する。はなせー、はなせー」

美代子は全身から力が抜けた。

「ばばあ、こんど嫁いびりしたら、承知しねえぞ」

二階から正一の怒鳴り声が聞こえてきた。

とらとの生活は戦争だった。そんななか水菓子屋もお菓子屋も、そこそこ売れて利潤があがるようになったが、美代子はどうも店に置いてある品物が減っているような気がしてならなかった。最初は気のせいかと思ったが、それを何度も感じたうえに、間違いなく五個あったメロンが三個しかないのを見て、気のせいではないとわかった。泥棒が入った形跡はないし、美代子は首を傾げた。ある日、正一ととらが外に出かけている間、部屋の掃除をしようとすると、茶簞笥の引き出しが少し開いていた。閉めようとしたが奥で物がひっかかっているのか、引き出しが入らない。

「どうしたのかしら」

と思わず引き出しを開けた美代子はびっくりした。その中には腐りかけてぐずぐずになっているメロンが二個入っていた。茶簞笥の他の引き出しを片っ端から開けてみると、そこには目一杯バナナが詰めこんであった。

「………」

美代子はそれらを見ないことにして、思いっきり引き出しを閉めた。

そんな日々のなかで、浩がたまに帰ってきて、

「留守番してるから、子供たちを連れて外に出てきたらどうだ」

といわれるとほっとした。留守番といっても家で寝ているだけだが、その間だけでも外に気兼ねなく出られるのはうれしい。ところが歩いていると、あちらこちらから人が寄ってきて、

「この間はおばあちゃんから、立派なバナナをいただきまして」

「いやあ、おいしいメロンでした」

と礼をいわれる。

「あら、いいえ」

とにこやかに挨拶したものの、

(そうか、なくなったメロンやバナナはそういうことに使われていたのか)

とうなずいた。なかには、

「おせっかいかもしれないけど。おばあちゃん、必ずあんたの悪口をいいながら、水菓子を配ってるのよ。こっちもお嫁さんの悪口を聞かされて物をもらったんじゃ、ちょっと気が悪くて」

と正直にいってくれるおばさんもいた。

「それはどうもすみません」

美代子はあやまりながら、どうしたらいいのかわからなかった。

とらは毎日、美代子を罵り、物を隠し、やりたい放題だった。ある日、店のレジを開けた美代子は、明らかにお金が足りないことに気がついた。いれておいたお札が全部なくなっているのだから、鷹揚《おうよう》な美代子でもわかる。レジの前で立ちつくしていると、向かいの駄菓子屋のおじさんが手招きをして、

「おばあちゃん、レジからお金を持っていったよ」

と教えてくれた。

「えっ、本当」

それも何日か前から、何度も見たというのである。美代子は浩に事実を伝えた。

「メロンやバナナだけじゃなくて、とうとう金まで盗るようになったか」

「こんなことじゃ、お店はつぶれるわ」

翌日、とらは正一から、

「ばばあ、いいかげんにしねえかって、いっただろう」

と何時間も怒鳴りつけられていた。

怒鳴られて少しは態度が改まるかと期待したが、翌日、家にいた美代子の耳に、どこ

からかとらの大声が聞こえてきた。

「うちの嫁はもとは宿場女郎でなあ……」

びっくりして声のするほうに目をやると、隣の銭湯の女湯からだった。あんな大声では隣近所の人々の耳に入るのは間違いなかった。

「宿場女郎ですって！」

さすがの美代子も憤慨し、銭湯から帰ってきたとらをつかまえて、

「お義母さん、大声で宿場女郎っていってましたけど、あたし、女郎じゃないんですよ。芳町《よしちょう》の『初音家《はつねや》』っていう一流のおうちで修業してきたんです。あんなこと、それも嘘じゃありませんか。あたしだけじゃなくて、浩さんだってお義父さんだって、お義母さんだって笑われるんですよ」

と訴えた。

「おら、知らね」

とらはつーんとそっぽを向いて、二階に上がっていった。

「ばばあ、おめえって奴は、いつになったらわがんのかあ」

とらの声を耳にした正一に怒鳴られていた。

おとなしい彼に何度も叱られて、とらはすねていた。酒好きの彼のために、ふだんは酒の当てを作るのに、それもしなくなった。酒だけを飲んでいる正一を見て、気の毒に

なった美代子が、大量のほうれん草に酒と醬油をいれて佃煮を作っていると、とらがやってきて鍋をのぞきこみ、

「こんな醬油だけで煮ちゃあ、おいしくあんめえ。こうしてやる」

と砂糖壺に入っていた砂糖を逆さまにして、半分以上いれてしまった。もちろん食べられるような代物ではなく、それは全部捨てるはめになった。

「お義父さんに食べてもらおうと思っていたのに。どうしてそんなことをするんです。もったいないじゃないですか」

文句をいっても、とらは薄笑いを浮かべて、どこ吹く風といったふうだった。それから、そーっと店の中をのぞき、美代子を見ては、こそこそ耳打ちする人まで出てきて、心底、くたびれ果てた。

美代子はほとんど後悔しない性格だが、今回ばかりは、どうしてあんなことをいってしまったのかと悔やんだ。浩にやめろといわれたときに、素直にやめておけばよかった。いきがって、

「あなたの両親のお世話がしたい」

などといったのが、間違いのもとだったのだ。自分がそういった手前、おおっぴらには愚痴もこぼせず、いらだちを発散することができないまま悶々《もんもん》としていた。そしてまた何日かして、女湯からとらの声が聞こえてきた。

「うちの嫁は宿場女郎でなあ。義理の父親にまで色目を使って、ちょっかいを出すだよ」

前にも増して大声だ。何で、どうしてと悔しい思いでいっぱいになっていると、いい機嫌でとらは帰ってきた。

「お義母さんっ」

声をかけてもとらは振り向きもせず、鼻歌まじりに二階に上がっていった。そのとき、

「このくそばばあーっ」

とすさまじい怒鳴り声が聞こえた。美代子が二階に上がると、酒を飲んで真っ赤な顔をした正一が仁王立ちになり、部屋の隅にとらがへたりこんでいる。正一の右手には鉈《なた》が握られていた。美代子があっと声を上げるのと同時に、

「ぐあああー、があーっ」

と彼は大声を上げ、取り憑《つ》かれたように、仏壇を鉈でめちゃくちゃに壊した。位牌、鈴《りん》、線香立てがふっとんだ。正一の形相は変わっていた。

「このくそばばあ。おめえなんか、この鉈でたたっ殺してやるーっ」

とらの頭めがけて鉈を振り下ろした。

「ぎゃーっ」

さすがのとらも顔色を変えて裸足で逃げ出した。

「くそばばあ、殺してやるーっ」

正一も大声で叫びながら後を追う。美代子は店の前で、だんだん小さくなっていく、逃げるとらと、鉈をふりまわしながらわめき散らす正一の後ろ姿を呆然《ぼうぜん》と眺めていた。

何事かと集まってきた近所の人々の声で、はっと我にかえった。

「こんな家にいられるもんですかっ」

美代子は急いで家に戻り、身の回りの物を風呂敷にまとめ、哲雄を背負い、美江を脇に抱きかかえて外に出た。途中でくわしたお巡りさんに、

「あっち、あっちが大変なことになってますから、お願いしますっ」

と頼み、後も見ずに全速力で駅まで走った。

其ノ四

夫の浮気の巻

何の前触れもなく、美江と哲雄を連れて玄関先に仁王立ちしている美代子を見て、両親は目を丸くした。肩で息をして髪の毛も乱れ、ふだんと全く顔つきが違うのを見て、

「美代子、いったい……」

と声をかけるのが精一杯だった。

「うわーん」

今まで背中でおとなしくしていた哲雄が泣き出した。

「ああ、よしよし。とにかくみんなお上がりよ」

母はおぶい紐《ひも》を解いて哲雄を抱きあげた。美代子は父が持ってきてくれた水をぐいっと飲み干し、

「お父ちゃん、もう一杯」

と叫んだ。美代子自身、どこをどうやって実家まで帰ってきたか記憶がなかった。とにかく一分、一秒でも早く松戸の家から逃げたかったのだ。

「ふう」

二杯目の水を飲み干して、やっと人心地つき、家の中を見渡した。

「どうしたんだ」

「いったい何があったんだい」

両親は膝でにじり寄り、じっと美代子の顔を見つめている。

「どうもこうもないのよっ。あのくそばばあーっ」

松戸では絶対に口にできない言葉を、腹の底からいい放った。

「う……」

あまりの剣幕にのけぞりつつも、

「落ち着いて、ゆっくり話してごらんよ」

と両親は優しく声をかけてくれた。

美代子はとらが美江を無視して卵かけ御飯を部屋中にぶちまけたこと、何かといえば

口を出して盥《たらい》を隠したり、料理を台無しにしたこと、店の売り物を簞笥《たんす》に隠し、金まで盗んでいたこと、あげくの果てには自分を宿場女郎と罵《ののし》ったこと等々、松戸の家での出来事をすべて話した。それを聞いて赤くなったり青くなったりしながら、両親は、

「何だってえっ」

と申し合わせたように叫んだ。

「うちの娘をいったい何だと思ってるんだ。馬鹿にするにもほどがある」

母はわなわなと両手をふるわせ、父は、

「芳町の『あや菊』といったら、知らない者はないくらいの芸者だったんだ。それを宿場女郎ったあ、どういうこった」

と地団駄《じだんだ》を踏んだ。

「で、帰ってきちゃったの」

「そりゃあ、当たり前さ。よく帰ってきたねえ。そんなところにいたら、この子たちにもよくないよ。ここはあんたの家なんだから、ゆっくりすればいいさ。お腹、すいてないかい。たいしたものはないけど、何かみつくろってあげるから、待ってなさいよ」

母は台所に入っていき、おにぎりと卵焼きを持ってきてくれた。

「あんたたちも大変だったね。さ、お食べ」

美代子と子供たちは、ほっとしてお腹がすき、ぱくぱくときれいに平らげた。

「あんなところに、帰ることあない。美代子はいつだって自分の腕で稼げる芸を持ってるんだから」

父はきっぱりといい放った。

その夜、あわてふためいて浩がやってきた。まず父が出ていって、低い声で何事か話していた。

「本当に申し訳ありません」

何度もあやまる浩の声が聞こえてくる。

「今さらなによ。うちにろくすっぽ帰って来なかったくせに」

美代子と母は障子の陰で聞き耳をたてながら、ぶつぶつ文句をいった。そこへ浩が姿を現し、二人はあわてて部屋の隅に正座をした。

「お義母《かあ》さん、このたびは大変申し訳ありませんでした」

浩はぺったりと畳の上にひれ伏した。

「私よりも先に、美代子に謝ってくださいよ」

「はい、すみません。美代子、本当に申し訳ない。お前の言葉に甘えたおれが悪かったんだ。いいわけをするわけじゃないが、あの化け物は相当なもんだろ。おれもどうにもできないんだよ」

最後は悲しげに訴える口調になった。たしかに浩もとらのひどい仕打ちに耐えかねて、逃げて東京に出てきた。どうにもできないというのは本当であろう。

「つくづくわかったわ。お義母さんは人として話ができないのよね。化け物っていう意味がよーくわかったわ」

美代子がつぶやくと、

「そうだろ。化け物なんだよ。人じゃないんだ」

浩は大きくうなずいた。

「いろいろ考えたんだが、親とは別居することにした。あっちのいい分なんか聞いてられないから、おれが勝手に決めた。お前もすぐに松戸には戻りたくないだろうから、親が引っ越してから迎えに来る。それでいいか」

美代子がそっと両親を見ると、二人とも不満そうな顔をしていた。特に父親はずっと不愉快そうな表情を崩さない。返事に困っていると、

「とにかく、また迎えに来るから、待っててくれ」

と浩はすがりつくような表情になった。突然、襖《ふすま》が開いた。

「お父ちゃんっ」

寝ていた美江が声を聞きつけて起きてきた。

「ああ、お前にも悪いことをしたなあ。怖かっただろう」

浩は美江を抱き、隣の部屋で寝ている哲雄の頭を何度も撫でた。美代子と両親はそれ

を見ながら、ため息をついた。自分たちと浩は血のつながりはないが、美江と哲雄は浩と血がつながっている。おまけに子供たちは、家には帰らないとはいえ、父親が大好きなのだ。浩が帰ろうとすると、

「お父ちゃん、今度、いつ来るの」

と美江が明るい声で聞いた。

「なるべく早くお仕事が終わるようにするからね、また来るよ」

「うん。すぐに来てね」

美江は無邪気に手を振った。

「話が決まり次第、すぐにまた来ますから。本当に申し訳ありませんでした」

浩は何度も両親に頭を下げて帰っていった。

松戸の家ではいつもこわばった顔つきだった美江も、大井町に戻って前のように明るく元気になった。哲雄もむずかる回数が少なくなったような気がする。幼い子供たちにまで緊張を強いて、かわいそうなことをしたと美代子は不憫《ふびん》でならなかった。

「やっぱり帰っちゃうのかい」

母がぽつりとこぼすと、美代子が返事をする前に、父は隣の部屋から、

「無理して帰るこたあない」

という。

「子供たちが懐いているし。親の勝手で引き離すのもねえ」

美代子がそういうと両親は何もいえなくなった。

半月後、浩が約束通りやってきた。親は亀有《かめあり》に家を借りて住まわせたので、松戸の家にはもういないという。義父は気の毒だが、とらとは二度と顔を合わせたくない。美代子は二人が松戸からいなくなったと聞いて、心からほっとした。

「まだ水菓子屋をやる気はあるか」

「まだも何も、あなたがやれっていうから、店番をしていただけで、あたしはやりたいっていうわけじゃなかったのよ」

「あんなことで水菓子屋の売り上げはさんざんだったし、菓子屋のほうも儲《もう》かったわけでもないからなあ。じゃ、あの家は売ろう。松戸のもう少し奥のほうに目をつけていた家があるんだ。今回のことで、美代子のご両親も離れて暮らすのは心配だろうから、ここを引き払って、一緒に住んでもらうのはどうだろうか」

「そうねえ、そのほうが安心するとは思うけどねえ」

あの化け物のとらのことだから、また自分たちを追い出したとか、何だかんだと因縁をつけてやってこないとも限らない。美代子にとっても両親がいてくれたほうが安心だ。浩がそういってくれるのならと、美代子はそう返事をしたが、両親の考えもある。

「浩さんがこういってるんだけど」

と話してみると、孫や美代子とまた一緒に住めると聞いた両親は賛成してくれた。

「わかった。引っ越せるまでまた少し時間がかかるけど、もう少し待っててくれ」

浩にそういわれ、美代子は、

「新しいおうちに住めるようになるまで、もうちょっと待っててね」

と子供たちにいい聞かせながら、大井町でのんびりと暮らしていた。

両親が散歩に出かけたある日、玄関の戸が開く音がした。

「お師匠さん……。いらっしゃいますか」

聞き覚えのある声だった。出ていくと以前、ここで長唄の三味線の弟子だった静子《しずこ》が立っていた。歩いて二十分ほどのところに住んでいる、八百屋の娘さんだ。

「あらー、静子ちゃん、久しぶりねえ。元気だった」

声をかけても表情が暗い。

「どうしたの？　何かあったの？」

「え、あの、ちょっとお話が……」

彼女は奥を気にしている。

「うちの親は散歩に行っちゃったから。どうぞ上がって」

静子は黙って靴を脱いだ。部屋に入ってもちゃぶ台の前でうつむいている。

「みなさん、お変わりなく」

お茶を出しながらたずねると、

「ええ、まあ……」

と歯切れが悪い。

「どうしたの、何かあったの」

静子は押し黙っていたが、

「あのー、実は……」

と口を開いた。

「うん、うん」

美代子は前のめりになった。

「そのー、あたし、子供ができちゃって」

「子供？　子供って、あなた、旦那さんは」

静子は首を横に振った。

「あらあ、どうしましょう。そりゃ、大変だわねえ。もちろんご両親は知らないのよね」

彼女は無言でうなずく。

「結婚してくれるっていってるの？」

「その人、奥さんも子供もいるんです」

「まあ、ひどいわねえ。素人の娘さんに手をつけて。何やってんのかしら。どうやって責任を取るつもりなのかしらねっ」

美代子はぷりぷりと怒った。教えたのは短い期間だったが、自分の弟子がそんな目に遭うのは許せない。

「とにかく相手に知らせなさい。父親としての責任があるんだから」

「はあ……」

「きっちりいってやんなきゃだめよ」

「旦那さんなんです」

静子はぽつりといった。

「旦那さん？　旦那さんって、誰の？」

彼女は上目づかいでじーっと美代子の顔を見た。

「えっ」

静子はうなずいた。

「旦那さんって、あたしの？」

「はい、そうなんです」

「えーっ」

美代子はそのまま放心した。

「えーっ」

もう一度叫んだきり、二の句が継げなかった。

二人はちゃぶ台を前にそのまま固まっていた。美代子の頭の中には、

「どうして」

という言葉がぐるぐると渦巻いていた。浩と静子とは会う機会があったのかと思い出してみると、たしかに二度ほど、お稽古日《けいこび》に浩がひょっこり帰ってきたことがあった。そのときに二人でこっそり話がついたのだろうか。

「あたし、お師匠さんを押しのけて奥さんになろうなんて、これっぽっちも思ってないんです。ただ、こんなことになって、どうしていいかわからなくなっちゃって」

静子はまたうつむいた。

「それはそうよ。でもね、あたしも向こうの両親とごたごたして、うちの両親と子供二人を抱えて引っ越しを控えてるし、申し訳ないけど旦那の浮気にまで、首をつっこめないのよ。子供ができちゃったのは静子ちゃんと浩さんとの間のことだから、二人で相談して話をつけてくれるかしら」

美代子は自分の考えをそのまま伝えた。

「はい。わかりました」

彼女はうなずいて立ち上がった。

「わざわざ来てくれてありがとね。体を大事にね」

静子は頭を下げて帰っていった。

「どうしてくれよう」

美代子は腹が立ってきた。よりによって女房の弟子に手をつけるとは何事か。それもたまーにしか帰って来ないときに、たまたまお稽古に来ていた静子に目をつけた。この話は絶対、両親にはできない。

それから三日ほどして、また来客があった。この日、両親は楽しみにしていた芝居に出かけていて留守だった。

「はい。あっ」

美代子は客の顔を見て、思わず声を上げた。玄関に松戸のパチンコ屋にたびたび来ていた、あの目のさめるような美人が立っている。

「突然、失礼いたします」

身のこなしもしなやかで美しい。あの人がどうして家へと首をかしげながら、家の中に招き入れた。

「たいしたものじゃございませんが、お嬢ちゃんと坊ちゃんに」

彼女は菓子折を差し出した。

「まあ、ご丁寧にありがとうございます」

美代子は丁重に礼をいい、ちょっとお茶でも飲んでってよと気軽にいえない雰囲気の彼女に、

「粗茶でございますが」

と緊張して茶碗を前に置いた。彼女は頭を下げ、一口、茶を飲んだ後、うつむき加減で黙っている。

(美人はどうやっても、どんな顔をしても美人なんだねえ)

美代子は感心していたが、いつまでもそんなことをしているわけにもいかないので、

「今日は何のご用で、いらして下すったんです」

と明るい声で聞いた。

「はあ。わたくし、ご存じかどうかわかりませんが、松戸の……」

「パチンコ屋にたびたび来ていただいてましたねえ。ご贔屓《ひいき》にしていただいて、ありがとうございます。あたしの妹が『お姉ちゃん、きれいな人が来てくれてるよ』って、教えてくれたんですよ」

「はあ」

美代子は満面に笑みを浮かべて話したが、
といまひとつ彼女の表情は暗い。

「申し遅れました。わたくし、みつと申します。あのう、実は、その、お宅の旦那さん

と、あのう、子供ができて……」

「は？」

旦那さん。子供。つい最近も聞いたばかりである。美代子は目の玉を上にして、じーっと考えた。まさか。

「間違ってたら、もしも間違ってたらごめんなさいね。うちの旦那とみつさんとの間に、子供ができたっていうことですか」

美代子の言葉に、みつは無言でうなずいた。

同じ時期に同じような事情で女性が二人もやってくるなんて、浩は二股も三つ股もかけていたのではないか。それにしてもいったいどういうことかと、美代子はまた腹が立ってきた。その表情を察したみつは、

「奥さんがお腹立ちなのは重々わかっております。申し訳ありません」

と座ったまま後退りして、畳におでこをすりつけた。

「みつさんには怒ってません。腹が立っているのはうちの旦那にですっ」

どうして素人にばかり手を出して、こんな結果になるのか。もっと上手に遊べないものか。みつには、三日前に同じような事情の人が来たともいえず、ただため息しか出ない。

「わたくしのほうも、ちょっと困っておりまして……」

「そりゃ、そうでしょう」

「実はある人の世話になっております」

「えっ、あなた……二号さん？」

みつはうなずいた。

「旦那さんは知ってるの」

「いえ知りません。簡単に出られない場所におりますので」

簡単に出られない場所って、いったいどこかしらと考えていると、

「二年前に、あのう、ちょっと揉《も》め事《ごと》から人を刺してしまいまして」

みつは鼻の頭をレースのついたハンカチで何度も押さえた。

「そうですかー」

話がだんだんあぶなくなってきたなあと気が気じゃない。美代子が生唾《なまつば》をごくんと飲みこむと、みつは、

「ある組の親分に、ずっとお世話になっております」

と小声でいった。

（組？　親分？）

親分の二号さんに手を出したとなったら、いったいどう落とし前をつけさせられるかわからない。刑務所に入っているのが、不幸中の幸いだ。

どっと疲れてため息しか出ない。

「はー」

「お宅の旦那さんには、寂しいときに優しくしていただいて。つい……」

あたしだって寂しかったわと思いながら、美代子はみつの話を聞いていた。そして彼女にも静子と同じように、今後については二人で話し合って欲しい、あたしには関係がないといい渡し、

「体に気をつけて」

と労《いたわ》って帰らせた。

美代子はしばらくぼーっとしていた。

「いったい何をやってんのよ！」

時間が経てば経つほど、怒りは増すばかりだった。

とらのいじめに耐えている間、浩はちゃっかりと遊び、素人二人に妊娠までさせていた。ただでさえ浩に不信感を持ちはじめた両親にこんな話をしたら、即刻、離婚になるだろう。

「ただいま」

両親が帰ってきた。

「お客さんだったのかい」

茶碗を片付けるのも忘れていた。

「そ、そうなの。松戸のパチンコ屋を贔屓にしてくれたお客さんが、近所に来たからって、寄ってくれて、お菓子までいただいたの」

「おや、そりゃあ、ご丁寧な」

母は不思議そうにしていたが、芝居が相当に面白かったらしく、父と一緒に楽しそうに美代子に話して聞かせた。

「へえ、そうだったの」

美代子は笑って相槌《あいづち》を打ちながら、話は右の耳から左の耳に抜けていった。

数日後、新しい家の段取りがついたからと、浩が迎えにきた。態度からして美代子が静子とみつのことを知っているとは思っていないようだった。

(あなたが何をやってるか、あたし、みんな知ってるんですからね)

美代子はそういいたくなるのをぐっとこらえ、

「ああ、そうですか」

と話を聞いた。今度の家は松戸の駅からずいぶん奥に入る場所にあり、

「もう美代子にはパチンコ屋の手伝いも商売もさせない。家にいてくれればいいから」

と浩はいう。

「ああ、そうですか」

と再び返事をして、

（で、あなたは女遊びをするわけね）

と腹の中でつぶやいた。静子、みつにあんなことをしておきながら、浩の態度には不審なところがひとつもなかった。美代子や両親に相変わらず優しい言葉もかけてくれるし、子供たちにも必ず土産を買ってきて、遊んでくれる。しかしそれがまた憎たらしい。

（少しは悪びれた態度くらい、したらどうなのよ）

喉《のど》まで出かかっている、静子とみつの名前を呑み込むのが一苦労だった。

新しい家は二間しかなかったが、家の周囲には大井町よりももっと野原が多かった。両親は孫二人と一緒に住めるのがうれしくてたまらない様子で、よく面倒を見てくれた。相変わらず浩は家に帰って来ない。美代子が買い物で駅の近くまで行くと、大井町に移っていた間に、新しいパチンコ屋が何軒も増えていた。浩の店はこの付近で一番最初だったが、儲かるとわかると次から次へと新しい店ができてくる。心配になって浩の店をのぞくと、以前はあれだけ客が入っていたのに、案の定、閑古鳥が鳴いていた。

「他にも何軒かあるっていってたけど、他の店はどうなのかしら」

一店だけ客が入らないというわけではないだろう。新興勢力の店に比べて、浩の店はどこか古くさく、魅力がなくなっていた。女遊びをし、仕事がうまくいっていなくても、美代子は夫を信じようと思った。父親として美江と哲雄を路頭に迷わせるようなことはしないだろうと、その一点だけを信じていたのだ。

しかし浩は新しい家に引っ越してからも帰ってくるのは十日に一度がいいところだった。そのつど渡される生活費もだんだん減りはじめ、もらえないときもある。

「これでは困ります」

と愚痴をいうと、

「仕方ないじゃないか」

で片付けられる。こんなことでは子供たちに食べたいものを食べさせてやれなくなる。家に帰ってこないときは、どこで何をしているのやらと、美代子の猜疑心《さいぎしん》も頭をもたげてきた。子供たちの将来も考えてやってくれといっても、浩は逃げるように家を出ていき、半月は帰ってこなかった。

「お父ちゃんはいつ来るの」

と美江に聞かれて、

「さあ、いつかしらねえ」

としか答えられない。

「これじゃまるで二号さんの家みたいじゃないか」

そう母にいわれて、どきっとしたりした。

ある日、美代子が庭で洗濯物を干していると、家財道具を積んだ一台のトラックが止

まった。まあ、こんなところに珍しいと見ていると、運転席から降りてきた男性が、

「ここだ、ここだ」

といっている。

「ここは私どもの家なんですが、何かご用ですか」

トラックの助手席の男性が身を乗り出し、この家が売りに出ていたのを買って、引っ越してきたのだというのである。

「えっ」

よくよく話を聞くと、この家が借金の担保になっていて、期限までに返済できなかったので、売りに出されていたのであった。

「そんな……」

青天の霹靂《へきれき》だった。引っ越してきた人も、びっくりしている。美代子は家族は何も事情を知らないと話し、とりあえず運んできた荷物を一部屋にまとめて入れてもらい、地主さんには、

「このような事情で、住む家がなくなったので、申し訳ありませんが裏の空き地に小屋を建てさせてもらえませんか」

と頼み込んだ。地主さんは快諾してくれた。あとは金策である。美代子はむくむくと労働意欲が湧いてきた。遠縁の男性の二号さんが浅草で置屋をやっているというので、

そこへ行って前借りをした。とんぼ返りで松戸に戻り、大工さんに支払いは月賦で、一週間で家を建ててもらえるように頼み、四畳半一間の小屋が出来上がった。何とか両親と子供たちを、とりあえず家の格好をした建物に住まわせることができて、美代子はほっとした。

家族五人が住みはじめて三日目、浩が帰ってきた。元の家には他人が住み、裏の小屋に住んでいる美代子たちを見て、驚いて出入り口で突っ立っている。

「こんなことになっちゃったのよ。あなた、あたしに何もいってくれなかったのね。その間もあっちこっちで彼女を作って遊んでたんでしょう」

浩はうーんとうなったまま何もいわない。これまで黙っていた父は激怒して、

「女房や子供にこんな思いをさせるなんて、お前に遊ぶ資格なんかないっ」

と小屋が潰れるんじゃないかというような大声で怒鳴りつけた。浩はただただうなっているだけだった。

「申し訳ありません」

頭を下げて浩が出て行った後、母は、

「美代子、お前があいつに何もしないっていうんだったら、この私があいつの体を包丁でもって八つ裂きに切りこまざいて、大川に投げ捨ててやるーっ」

と大声で叫んで泣き伏した。顔色の悪い彼を思い出して、すべてがうまくいっていな

いと美代子は悟り、何もいえなかった。

浅草の置屋からまた商売に出る予定になったものの、いろいろな心労が重なったのか、両親の体調が思わしくなくなった。横になる日も多くなり、子供たちの面倒を見続けてもらうわけにもいかなくなった。また久しくお稽古もしていないので、あらためて三味線の師匠のところに通わなくてはならない。師匠の家は東京の荏原《えばら》にあり、これからお座敷に出るとなったら、お稽古日には必ず行かなくてはならず、松戸の奥から子供二人を連れての往復だけでも一苦労だった。そして不幸には不幸が重なり、浩に癌《がん》が見つかった。医者の話によるとすでに末期であった。家事を済ませ、病院に入院している浩の看病をし、荏原にあるお師匠さんの家にお稽古に通う日が続いた。

病院に行くと、美代子の姿を見た看護婦さんが、

「あっ」

と声をあげ、どことなく気まずい顔をしている。ぴんときた美代子は、美江に、

「お母ちゃんはここで哲雄と待ってるから、お父ちゃんにこれを渡しておいで」

と持ってきた果物を渡した。

「うん、わかった」

看護婦さんが美江を病室に連れていってくれた。しばらくして美江が戻ってきた。

「お母ちゃん、あのね、ものすごーくきれいなお姉ちゃんがいたよ」

「あら、そうかい」

「うん。それでね、あたしとね、哲雄にね、これくれたの」

かわいい袋に入ったお菓子と、手遊びのおもちゃをうれしそうに見せた。

「まあ、よかったねえ。ちゃんと御礼をいったかい」

「うん、『ありがとうございました』っていったよ」

「えらい、えらい」

気の毒そうな顔をしている看護婦さんに会釈をして、美代子は病院を後にした。

また別の日、病院に行くと看護婦さんが走り寄ってきた。

「あの、またいらしてるんですけど」

と小声で教えてくれた。

「前と同じ方ですか」

彼女は黙ってうなずいた。柱の陰に身を隠して様子を窺うと、それはみつだった。

「じゃ、またあらためて来ます」

美代子はみつが来ない日、浩の看病をしながら、何もいわなかった。彼も美代子には何もいわず、入院して二か月足らずで小さくやせ細って亡くなった。

葬式当日、隅にたたずんでいたみつが、美代子のそばにやってきた。お腹が大きくなっている気配はない。

「わたくしのような者が、うかがってすみません」

「何をいってるの。来てくれてありがとう。ところであちらの旦那のほうは大丈夫だったの」

「それが、刑務所の中で、浩さんと同じ病気で亡くなりました」

　こんなに美人なのに、つくづく男運のない人だ。

「浩さん、いつも私にこういってたんです。『本当にあいつには申し訳ないことをした。生まれ変わってもまたあいつと結婚して、今度は絶対に幸せにするから』って」

「そんなことを聞かされたみつさんも、いい迷惑だったわねえ。ごめんなさいね」

　みつは首を横に振って涙を拭いている。

「短い間だったけど、看病してくれてどうもありがとう」

　美代子は彼女を慰めた。美代子は泣いている暇はなかった。これから両親、子供のために働かなくてはならない。眠っていた芸の虫が、むくむくと頭をもたげてきた。

「浅草からまた芸者として出るんだから、がんばらなくちゃ。泣いてなんかいられないわよ」

　喪服に身を包み、泣きじゃくる子供を両脇に抱えて、美代子は体中にやる気を漲《みなぎ》らせていた。

其ノ五

子連れ芸者奮闘の巻

美代子は両親と子供二人を抱え、「小美代《こみよ》」という名前で浅草で芸者に出るようになった。両親は、
「これでお前の芸が活かせる」
と再びお座敷に出るようになったのをとても喜んでいた。芸を封じ込めて家庭に入っても価値のあるような相手ならともかく、信じていた浩に裏切られて腹の底から怒っていた。美代子は怒っている暇もなく、両親の体調は気になるものの、やむをえず松戸に両親と子供たちを残して、一人で浅草の置屋で暮らした。当座の生活費や準備金を工面

してくれた置屋への手前、松戸にはたまにしか顔を出せず、久しぶりに美代子の顔を見た哲雄は、すぐに戻らなくてはならない母にすがりついて、

「帰っちゃやだ」

と大泣きをする。身を切られる思いで美代子はそれを振り切った。芸者としてお座敷に出る身となったら、ある部分は切り捨てていかないと、仕事に差し障る。美代子は子供たちに、

「ごめんね、ごめんね」

と謝りながら、仕事に集中した。

だいたい芸者に子供がいるのは、歓迎されない。もしいたとしても、その存在は消していた。しかし美代子の場合は、持ち前の性格もあって、かえってみんなから面白がられた。お座敷に出ると、お客様から、

「きみ、子持ちなんだってね」

といわれる。

「ええ、そうなんですよ」

と返事をすると、子供が会話の糸口になって話がはずみ、

「少ないけど、子供さんにお菓子でも買ってあげて」

とご祝儀を頂戴《ちょうだい》する。美貌《びぼう》だけが取り柄で芸には身を入れず、女を売り物にしてい

る同僚は、さぞかし辛いだろうなと、美代子は同情した。自分には隠さなくてはならないことは何もない。一度、結婚しているし、子供も二人いる。お客様に聞かれても事実なので、否定しない。しかし女を売り物にしていると、特に子供は邪魔だった。子供ができても闇に葬るか、自分の身近には置いておかなかった。旦那を持つにしても選択権はすべて女性側にあるので、うまーく立ち回って、何人も旦那を持っている芸者もいる。そういう人は隠さなくてはならないことが山のようにできてしまう。隠し事ができない美代子は、

(とてもあたしにはできない)

と別の意味で感心していた。

(ま、あたしみたいに全部、大っぴらっていうのも、考えものだけどね)

たしかに女性はどこか神秘的なところがあるほうが、男性の気を惹《ひ》く可能性が高いだろうが、美代子はそういうタイプではなかった。神秘的ではないけれど、芸達者プラス開放的な性格で、お座敷に呼ばれる回数も増えていった。両親は戦中戦後のどさくさで、体力を消耗したらしく、会うたびにめっきり老け込んできた。そんな彼らにいつまでも子供二人の面倒を見てもらうのも気が引けていて、一日でも早く両親と子供たちを浅草に呼びたい一心で、美代子は働きづめに働いた。

置屋への借金も払い終わり、多少、生活のめどが立ってきたので、吉原の入り口の花

園通りにあるアパートの二部屋を借りて、一部屋は両親のため、もう一部屋は美代子と子供たちのために使い、家事をしてもらうためにお手伝いさんも雇った。美江は浅草の小学校二年生に編入して通い始め、美代子の収入も増えて、すぐに花柳界近くの条件のいいアパートに引っ越した。まだ学校に上がっていない哲雄は、久しぶりに美代子と暮らせるようになると、離れようとしない。離れるとどこかに行ってしまうと思っているのか、いつもぴったりと体にへばりついている。

「お母ちゃんはどこにも行かないよ」

といっても、黙って美代子の体に抱きつく。あるときお座敷に出ようとしても、どうしても離れないので、仕方なくお出先の帳場に哲雄を預けた。

「わかったかい。お母ちゃんはお仕事をしてくるから、ここでおとなしく待っているんだよ」

「うん、わかった」

仲居さんに優しくしてもらって、哲雄は元気よく返事をした。

お座敷で三味線を弾き、あれこれお客様の相手をして、みんながいい具合に楽しくなっていると、すーっと襖《ふすま》が開いた。どうしたのかとふとそこに目をやると、

「お母ちゃん……」

と小さな声がして、哲雄がひょっこりと顔を出した。

「ま、どうしたの、この子は」

美代子はあせった。お座敷に出ているときは子供のことも病気がちな両親のことも忘れている。他に気が向いて集中力が欠けてしまうのは、お客様に失礼だ。しかし哲雄の顔を見て、美代子は現実に引き戻された。

「これ、だめじゃないの」

小声で叱っても、哲雄は、

「お母ちゃん、いた」

とうれしそうな顔をして、その場から離れようとしない。それを見たお客様が、

「あれっ、小美代さんの子供かい」

と声をかけた。

「そうなんです。すみません。御帳場に預けてたんですけど、来ちゃいまして」

「いいじゃないか。おい、坊や、こっちにおいで」

「うんっ」

哲雄はたたたっと元気よく部屋の中に入ってきて、呼んでくれたお客様の隣にちょこんと座った。

「ジュース飲むか」

「うんっ、ありがと」

「おお、お利口だな。よしよし、おじさんがコップについでやろう」

「おいしい」

「そうか、おいしいか。じゃあ、これも食べてごらん」

目の前の料理を箸《はし》でつまんで、哲雄の口の中にいれてやると、

「おいしい。おじちゃん、ありがと」

とちゃんと礼をいう。

「おお、いい子だ、いい子だ」

哲雄はすっかりお客様にかわいがられていた。美代子は体を縮めて恐縮しながら、

（本当にあの子は調子がいいんだから）

と我が子ながら呆れた。

美江はどんと構えていて、よくいえば落ち着きがあり、悪くいえば愛想のない子供だった。一方、哲雄のほうはとても愛想がよくて、みなにかわいがられた。もっと幼いとき、体の具合が悪くて病院に行って注射を打たれると、痛さと怖さでぎゃあぎゃあと泣きわめくのがふつうなのに、哲雄は目にいっぱい涙をためながら、

「おいちゃちゃん、かんごふちゃん、ぼくのびょうきがなおるために、おちゅうしゃしてくれて、どうもありがと」

と一人一人に頭を下げる。もちろんお医者さんも看護婦さんも、

「まあ、偉いわねえ」

と褒めてくれるのだが、それを見た美代子は、

(まあ、なんと調子のいい)

と呆れてしまった。そこまでしなくてもいいじゃないかというくらい、愛想がいいのである。

お座敷でも愛想のよさを発揮した哲雄は、いつの間にかお客様の膝の上にちゃっかりと座り、すっかり場にとけこんでいた。

「本当に申し訳ございません」

美代子は頭を下げた。お客様の多くは俗世間を忘れに来ているのに、また芸者のほうはそうさせてさしあげなくてはいけないのに、お座敷に子供がいてはそうはいかない。

「いいじゃないか、堅いことといわないで。小美代さんもこの子がいるから、がんばれるんだろう」

お客様も哲雄を膝の上に乗せて、結構楽しそうにしている。美代子はこの場はご厚意に甘えることにした。そのうち哲雄はいい気持ちで膝の上で眠ってしまい、仲居さんに抱っこされて帳場に戻された。子供はいくらいい聞かせても、いうことを聞かないものだと美代子は悟った。

お祭りになると、芸者衆の組踊りがあって、衣裳を着て千束《せんぞく》通りを練り歩く。あでや

かな行列なので、たくさんの人が集まるなか、歩いていた美代子の耳に、背後から聞き覚えのある声がとびこんできた。

「お母ちゃーん」

まぎれもなく哲雄の声だ。

「こら、そこの子供、行列の中に入っちゃいかん」

警備の警官の怒鳴り声もする。

「だって、あそこにいるの、ぼくのお母ちゃんなんだ」

(いったい、何をしてるの、あの子は)

美代子の背中には汗が流れてきた。するとぱたぱたと足音がして、にっこり笑った哲雄が、抱きついてきた。

「お母ちゃんは大事なお仕事をしてるんだから、行列しているときはいい子だから、そっちで待っててておくれ」

「やだ」

「やだじゃないの。いい子だから、あっちに行ってて」

「やだ、お母ちゃんのそばがいい」

哲雄は美代子の手を握って一緒に歩きはじめた。

「あれ、あの子はいったいどうしたんだろうね」

見物人が芸者衆の組踊りの行列のなかに、にこにこ笑った子供がまじっているのをみて、不思議そうに首をかしげ、そしてくすくす笑いはじめた。警官も相手が子供なので邪険にするわけにもいかずに、困惑しきっている。

「あっ、子連れだ」

「ずいぶん愛想のいい子だね」

こんなときにいったいどうしようかと、美代子は焦ったが、腹を括《くく》った。どこをどうやっても自分は子持ち芸者なのだ。結婚生活は破綻したものの、この子は夫との子供で世間のどこにも恥じることはない。が、哲雄が、

「お母ちゃん……」

と話しかけてくるたびに汗がだーっと流れる。

「頼むからせめて黙っておくれ」

そういい聞かせても、哲雄はいうことをきかない。

(ああ、もう、仕方ないなあ)

美代子は哲雄と手をつなぎながら、適当に小声で相槌《あいづち》を打ち続けた。とても長く思われた練り歩きはやっと終わり、

「ああ、楽しかったねえ、お母ちゃん。たくさんの人がいたね」

と哲雄にいわれたとたん、どっと疲れが襲ってきた。そして、

「そうだねえ」

といったきり、しばらく放心しているしかなかった。

ただし子供がいると都合がいい場合もあった。お客様で食事に誘ってくれる人がいるけれども、その態度からして、望んでいるのは食事だけではないのが、ありありとわかる。そんなとき、

「食事でもしよう」

と誘われると、

「うれしいわ。申し訳ないんですが、うちの子供も一緒でいいかしら」

と聞く。一瞬、相手は、うっと言葉に詰まるものの、

「あ、ああ、いいよ。連れておいで」

といい、美代子は子供と一緒にご馳走《ちそう》になった。どうしても仕事柄、夜が遅くなり、美代子は普段子供と一緒に外出して食事などできなかった。

「そのかわり、大層なところじゃなくていいの。食堂みたいなところでかまいませんから。あたし、どうも自分だけが外食するって、気がひけちゃうの。どうしても子供にも食べさせてやりたいって思うもんだから。ごめんなさいね」

美代子を誘った男性は何人かいたが、子供も一緒にと申し出て、それはだめだと断る人は一人もいなかった。途中で哲雄が眠りこけてしまい、男性がずっとおんぶしてくれ

ていたこともあった。人なつっこい哲雄が、

「おじちゃん、何か買って」

とおもちゃをねだる。

「そうか、船がいいか」

「それ持ってる。そうじゃなくて、こっちがいい」

「こっちって、自動車か？　おい、これ結構高いじゃないか」

二人のやりとりを見ていて、美代子は、ああ、うちには父親はいないんだとあらためて感じた。何事もなければ哲雄は浩の背中におんぶされて、おもちゃを買ってもらっていただろう。哲雄は父親とするはずの会話を、お客様のこの男性としているのだ。

「そんなにおねだりなんかしちゃ、いけませんよ」

とたしなめたものの、すでに哲雄は欲しいおもちゃを手に入れていた。

「お母ちゃん、買ってもらった」

「本当に申し訳ありません。何から何まで」

「いや、いいよ、いいよ」

お客様は店の人に、

「お父さん」

などといわれたりして、家族扱いされていた。お客様の心の広さがありがたかったが、

子連れで食事をご馳走してくれた男性たちと、その後深い関係になることは全くなかった。

子供二人が小学校に通うようになり、生活も落ち着いてきたころ、父親の体調が悪くなり、介護のかいもなく亡くなった。柳橋の見番《けんばん》に勤めていた父は、美代子が花柳界に戻ったのを、最後の最後まで喜んでいた。体の弱い母のかわりに、美代子は仕事をしながら父の介護をしていたが、お座敷に出ている間に、父は静かに息を引き取った。

「あたしに迷惑をかけないように、そうしてくれたんだね」

そうつぶやいて静かに両手を合わせた。

美代子は母と子供のために、浅草に家を買った。懇意にしている料亭「入舟」の女将さんも、お金を融通してくれたが、ふと気がつくとしっかり利子もついていたりして、気持ちよく働くことはできるけれども、のんびりしている暇はなかった。

翌年、今度は母が新年早々、吐血した。医者に診せると全治三か月の重体だという。美代子は結婚している間のごたごたで、両親に余計な心労をかけたと気にしていた。厄年にかかっていた美代子は、厄落としはいちおう済ませていたが、父が亡くなり今年は母もとなったらどうしていいかわからない。珍しくふさぎ込んでいる姿を見た先輩のお姐さんが、

「松の内に自分の向かい干支《えと》の人と浮気をすると、ものすごい厄落としになるのよ」

と教えてくれた。松の内が明けるまでにあと二日しかない。美代子は必死になって男性を探し、半ば強引に相手をしてもらって、噂の厄落としができた。そのおかげか、母はみるみる元気になり、入院してから十二日目で退院できるようになり、医者も驚嘆するくらいだった。

「本当によかった。ありがたいことだ」

美代子のこの話はあっという間に広がり、浅草の花柳界やお座敷では、しばらくの間、「強烈な厄落とし」の話題で持ちきりだった。

「女手ひとつで偉いもんだ」

とみんながご祝儀をくれて、家の中がだんだん調《ととの》ってくるのを見た芸者衆から、

「あと旦那様さえできればいいわね。旦那様がいないから、座布団の女布団はぺちゃんこになるけれど、男布団はちっともぺちゃんこにならないものね」

といわれた。その通り、組でもらった座布団の男布団は全く使われずにふくらんだままだ。

「長火鉢の向こう側に座る人が、早く見つかればいいのに」

美代子はこれも縁のものだからと、借金を返すべく、気の乗らない誘惑をやんわりと退《しりぞ》けながら、仕事中心の日々を送っていた。

ある日、ご贔屓《ひいき》の唐辛子屋の社長のお座敷に出ると、

「小美代ちゃん、あんたもずっと苦労しっぱなしだからさ、やっぱり旦那の一人くらい、いたほうがいいよ」

と真顔でいわれた。この社長にはとてもきれいな芸者の彼女がいて、密会したときの口裏合わせを、いつも美代子に頼んでいた。車に乗って夜遅く家まで送り届けたときに、奥さんに、

「こちらでお引き留めしてしまいまして」

と謝る。すると顔なじみの奥さんは、

「うちの人、お酒を飲むとだらしないからねえ。小美代ちゃんにはいつもお世話になって。これ、珍しいものじゃないけど、お子さんに持っていってあげて」

とカステラを包んで渡してくれたりした。美代子はご贔屓の奥さんたちから、とても信頼されていた。それを恩義に感じていた社長は、事あるごとに、

「いい旦那を探してあげなくちゃ」

といい続けていたのだった。

「そうですねえ」

美代子は三十三歳になっていた。

「ね、いい頃合いだと思うよ。知り合いでさ、栃木の大田原《おおたわら》のほうで食品の貿易をやってる人がいるんだ。事務所が東京にあって、一週間に一度くらいしかこないんだが、誰

かお世話をしたいといってるんだけど、どうかな」

「あたしみたいなのでいいのかしら」

「ぼくはいいと思うけど、先方も何というかわからないから、もしも縁があったら、ひとつよろしく頼むよ」

「そうですか。とにかくお話だけでは何ですから、一度、お目にかからせていただきたいわ」

すぐに二人は料亭で引き合わされた。

「黄金山陣太郎《こがねやまじんたろう》です」

「小美代と申します。よろしくお願いいたします」

黄金山は五十八歳で、見た感じはそう悪くない人のように思われた。

「小美代ちゃんは、家を建てたばかりなんだ。聞いた話じゃ、自分の座布団はぺちゃんこなんだけど、男布団のほうはぺちゃんこになってないんだと。不憫《ふびん》だからさ、あんたそこへ座ってやってくれよ」

「そうか。じゃ、行かなくちゃいけないな」

彼は淡々としていて、その場では具体的な深い話は出なかった。その後、黄金山が美代子をとても気に入り、世話になると決まると、仲介した社長はとても張り切って、

「一週間か十日に一度、そのときだけ面倒をみてやってくれるかな。明くる日は大田原

に帰るから。これで小美代ちゃんも少し安心できるだろう」

と満足そうだった。美代子よりもずっとうれしそうだった。黄金山からは月々一万二千円をいただくと話がついた。美代子は職業柄、旦那を持つのはごく当たり前に受け止めていたが、問題は子供だった。もちろん黄金山は子供がいることは十分承知していた。

「子供たちにもきちんと挨拶《あいさつ》しなくては。今度みなで外で食事をしよう」

彼は家にやってきて、美江と哲雄を呼ぶようにいい、二人は彼の前に座った。

「今度、きみたちのお母さんと、このようなことになったんだけど、どうだろうね」

どうだろうかといわれても、相手は小学生である。二人はじっと黄金山の顔を見ていたが、美江が、

「わかりません」

とぽつりといった。

「お母さんがいいんなら、いいです」

というのが精一杯だ。

「そうか、そうだな。よくわかんないよな。ともかくおじちゃんは、これからここへ帰ってくるから。今日からおじちゃんのことを、パパって呼んでちょうだい。みんなで仲よくしようね」

子供たちはパパって何という顔で、きょとんとしていたが、黙って座っていた。美代

子は腹の中で、

（パパというような顔か）

と呆れたが、子供たちに向かって、

「そういうことになったので、よろしくお願いしますね」

というしかできなかった。その夜、四人で外で洋食を食べた。緊張して無口になっている子供たちに、黄金山は、

「何がいいか。ん？　何でもいいか。そうか、じゃあパパがおいしそうなものをみつくろって注文してあげよう。食べてもまだお腹がすいていたら、遠慮なくパパにいいなさい。食べたいものは、パパが何でも食べさせてあげるから」

とパパを連呼した。子供たちは小声で、

「はい」

と返事をしたが、ほとんど喋《しゃべ》らずに黙々と食事を口に運んでいた。美代子自身も子供たちのことが気にはなったが、黄金山が来るのが一週間か十日に一度くらいだから、問題はないだろうと思っていたのである。

最初に黄金山は、

「お前も家を建てて大変だろうから」

とぽんと五十万円を出してくれた。美代子はありがたいと遠慮なく頂戴した。ところ

が彼は、ちょくちょくやってくる。おかしいなと日にちを数えてみたら、月火水木金とやってきて、土曜日にやっと本宅に帰る。一週間のうちのほとんどを美代子の家で過ごしているのだ。新品のままふくらんでいた男布団はあっという間にぺっちゃんこになったものの、美代子はせわしなくて仕方がない。全くのんびりする暇がないのである。おまけに髪を結い、お座敷着を着て出かけようとすると、

「ふん、行くのか」

と不機嫌になる。芸者がお座敷に出なければどうしようもないと思うのであるが、黄金山は美代子がお座敷に出るのを嫌がった。

（そんなことをいったって、芸者の旦那になったんだから、仕方ないじゃないの）

と喉元《のどもと》まで出かかったが、それをぐっと呑み込んで、

「いってまいります」

と家を出た。お座敷を終え、家に戻るとますます黄金山は不機嫌になっている。今日の客はどんな奴か、どこのお出先にいったのかを、根掘り葉掘り聞く。そんなことを聞いてどうするのかというようなことを、しつこく聞き続けた。

毎日している仕事とはいえ、一日が終わるとそれなりに疲れる。しかし家に帰った後、美代子はのんびりする暇もなく、黄金山の小唄の三味線を弾かされた。彼は小唄が大好きで、家で練習するのだが、なかなか覚えないので、一曲を十回も二十回も弾かされる。

やっと気が済んで終わりになり、やれやれとほっとして寝ると、翌日、午前中からまた三味線を弾かされた。最初は、

(早く終わってくれないかなあ)

と思っていたが、そのうち、

(これもお稽古《けいこ》のひとつだと考えるようにしよう)

と頭を切り換えた。三味線は弾けば弾くほど自分の身につく。そうなると家で否応なしに弾かされる三味線も苦にならなくなってきた。

ほどなく黄金山は、

「お前と一緒のお師匠さんに習う」

といって再び小唄を習いはじめ、小唄の発表会も欠かさずに出演した。相変わらず稽古熱心で、師匠に習った唄の三味線を美代子も習い、二人で家で合わせる。美代子は彼の専属三味線係のようだった。小唄好きなのはまだしも、とにかく家に入り浸りなのには、美代子は困ってしまった。彼が朝十時に家を出て会社に行くのを見送ると、午後二時にはもう帰ってくる。

「早かったんですね。会社のほうは大丈夫なんですか」

「社長というものがいつまでも会社にいると、部下が迷惑する。社員のことを考えて早く帰ってくるのだ」

そして三味線を弾けという。さんざん三味線を弾かせて、美代子がお座敷に出る時間になると、ぶーっとむくれてふてくされる。子供たちは新しい、誰に遠慮もいらない自分たちの家に住んでいるのに、どことなく居づらそうな、緊張した顔になっていた。美江は黄金山と一切、口をきかないし、話題にもしない。哲雄は、

「あのパパとかいう人、どうしてずっとうちにいるの」

と美代子に聞く始末だ。家に帰れば家にいるし、取引相手のインド人を連れて、美代子をお座敷に呼ぶ。家にもお座敷にも黄金山がいるのであった。

（これじゃ、どっちが別宅かわかりゃしない。もっと本宅に帰れともいえないし、困ったなあ）

悩んでいると、黄金山の奥さんから電話がかかってきた。あまりに帰らないので、いやみでもいわれるのかしらと身構えたが、地方訛《なま》りのある奥さんに、

「いつもうちの主人がお世話になっちゃって、すみませんねえ」

と謝られた。別に皮肉をいっている様子もなく、声がとても明るい。

「あ、あの、こちらこそ、ご主人様にはお世話になっておりまして」

しどろもどろになると、奥さんは一度ご挨拶に上がりたいと一方的にいい、二日後、彼が会社に行っている間に美代子の家にやってきた。

「主人がお邪魔し続けてごめんなさい」

奥さんは素直にそう思っているようであった。第一、夫とそういう関係になっている女性を前に、にこにこしている。

「こちらこそ申し訳ありません。このようなことになって奥様も不愉快な思いをされているのではないかと……」

「いいえ、そんなことはないの。実は私も若い頃は芸者に出ていたんです。ですから花柳界のことは少しは知ってます」

「はあ、そうでしたか」

奥さんはかつて芸者をしていた雰囲気はみじんもなく、すっかり素朴な田舎の奥さんに収まっていた。おみやげも、

「うちで野菜を作ってるので。そうそう、今度、漬け物が出来上がったら送るからね」

と庭の畑で採れた野菜を持ってきてくれた。

「ともかくああいう人ですが、よろしくお願いします」

深々と頭を下げて、奥さんは帰っていった。美代子は彼女の心の広さに驚き感謝したものの、どうしてあんなに明るい顔をしているのだろうと、不思議に感じた。そして日が経つうちに、その理由がだんだんわかってきたのであった。

其ノ六
旦那の嫉妬の巻

黄金山は神経質でとても口うるさい男だった。いつもいらいらしていて落ち着かず、とにかく嫉妬深い。あるとき休みをもらって、美代子が母と子供たちを連れて食事に出かけて家に戻ると、彼が帰っていた。

「あら、お戻りでしたか」

玄関に仁王立ちになっている彼の目はつり上がり、全身から怒りを爆発させている。

「こっちにおいで」

母が顔をこわばらせた美江と哲雄を、自分の部屋に連れて行った。美代子は、どすどすと足音荒く部屋に入っていった黄金山の後を追った。

「久しぶりにみんなで食事に行ってたんですよ。子供たちも喜んでくれて」

彼は何も答えず、ただタバコを吸っている。

「お茶、淹《い》れ替えてきましょうね」

美代子が湯飲み茶碗に手を伸ばそうとすると、それをぱっと振り払った。

「どうして家にいないんだあ」

彼は叫んだ。

「ですから、みんなで食事に行ったっていいましたでしょ」

「どうして食事になんか行くんだ」

「どうしてっていったって、子供や親とたまに食事をしに行って、何かいけないことでもあるんでしょうか」

「いけなーい！　お前はおれが来たときは、絶対に家にいなくちゃいけないんだ」

「そんなことをいったって、お戻りになる時間がわからないんですもの」

「それをずっと待つのがお前の務めなんだ」

「ただ近所にちょっと食事に行っただけのことじゃないですか」

美代子がそういったとたん、黄金山は立ち上がり、電灯の電球をもぎ取って、壁に投げつけた。乾いた音と共に電球は部屋に砕け散った。

「そんなことは許さんぞ。今後一切、子供たちと一緒に食事に行くな！」

美代子は烈火の如く怒る黄金山を前に、冷静に対応しようと、ひとつ大きく息を吐いた。ゆっくりと襖《ふすま》を開けて、アパートに住んでいるときから雇っているお手伝いさんを呼び、掃除をしてくれるように頼んだ。

「失礼いたします」

ほうきとちり取りを持ったお手伝いさんが、中腰になって部屋に入ってきて、手早く掃除をして出て行った。その日はずっと彼は仏頂面だった。

またあるときは、美代子がいつものように支度をして出かけようとすると、

「どこへ行くんだ！」

と大声で怒鳴る。

「どこへっていったって、お座敷に決まってるじゃないですか」

驚いて美代子が目を丸くすると、

「あ、ああ、そうか……」

と黙る。そして落ち着かない様子で胸ポケットからタバコを取り出し、火をつけてせわしなく吸いはじめた。いかにも不愉快そうにしているのを見て、美代子のほうも気分が悪い。

（これからお座敷に出るっていうのに、どうしてこんなしけた顔に見送られなくちゃな

らないのかしら)

さあ仕事という気分に一気に水をさされる。

「何時に帰るんだ」

「さあ、今日はみそかですし、いつも立て込みますから。はっきりとはわかりません」

「ふんっ」

黄金山は鼻の穴から煙を噴き出し、次から次へとタバコに火をつける。

「お前もお座敷に出て、男にいい寄られていい気になってるんだろう」

「はあ?」

美代子は髪の毛をなでつけながら、振り返った。

「みなさん昔からのご贔屓《ひいき》さんばかりですからね。今さらいい寄るなんてありませんよ。お座敷を楽しみたいっていう方々ばかりなんですから」

「ふんっ」

また鼻の穴から煙がどっと出た。

「行ってまいります。なるべく早く帰るようにいたします」

黄金山は無言でそっぽを向いてタバコを吸い続けていた。美代子は小さくため息をついて家を出た。

いくら美代子が早く帰ろうと思っていても、自分の都合でさっさと帰るわけにはいかない。お客様をいちばんに考えるし、予想外の出来事があって遅くなってしまうことも多い。そうなると黄金山は頭のてっぺんから声を出してわめいた。

「こんな時間まで何をしていたーっ」

「は？」

「今、何時だと思っているんだ」

「九時五分すぎですけど」

「どうしてこんなに遅いんだ」

「遅いっていわれても。五分遅れただけですよ。帰り道に近所のおばさんと会って、ちょっと立ち話をしちゃったんです」

「九時までに帰れといったら帰れ。五分だって遅れちゃいかんのだ。いったい何を考えてるんだ。ばかものーっ」

激怒した彼は、自分の身の回りにある灰皿や湯飲み茶碗などを、片っ端から壁に叩きつけ、電球ももぎ取って投げつけた。

「ごめんなさい、ごめんなさい。あたしが悪うございました。まあ、あなた、火が点いていたから熱いでしょうに。火傷《やけど》しますよ」

「お前にそんな優しさがあるんだったら、なぜもっと早く帰ってこない！」

美代子は大暴れする黄金山の前に正座をしたまま、呆然《ぼうぜん》とするしかなかった。騒ぎを聞きつけて、お手伝いさんが気を利かせて替えの電球と、ほうきとちり取りを手に部屋に入ってきた。それを見た黄金山はますます腹を立て、

「またお前か。掃除なんかいいからあっちに行け」

と彼女を蹴《け》り倒しそうな勢いだ。

「ちょっと、いい加減にやめてくださいな」

美代子は静かにいった。お手伝いさんは身をかがめてそそくさと部屋を出て行った。

「あたしがこういう仕事をしているのは、百も承知で旦那さんになってくだすったんでしょう。それなのにお座敷に出るなとか、帰りが遅いといわれても、どうしていいかわかりません。そのたびに大声を出して暴れたんじゃ、子供たちだって母だってびっくりするじゃありませんか」

黄金山は鼻息荒く、肩で息をしていたが、だんだんと落ち着いてきて、畳の上に胡座《あぐら》をかいた。またタバコに火をつけた。

「仕方ない。『お約束』だけは行っていい」

と吐き捨てるようにいった。たしかに「お約束」は普通にお座敷に出るよりも、報酬はやや多くなるが、毎日、連続であるわけではない。やはりお座敷を次々にこなして、ご祝儀もいただかないと収入につながらない。

「『お約束』のあがりだけでは無理です。うちはあなたも含めて、六人分の生活費が必

要なんです。これから子供たちも大きくなって、学費も必要だし……」

「一万二千円やってるじゃないか」

「ですから、それだけではちょっと……」

足りないと露骨にいうのも憚《はばか》られたので、美代子は口を濁した。

「月に一万二千円以上は無理だぞ。絶対、無理」

黄金山は畳の上に転がった灰皿を拾い上げて、吸っていたタバコをねじ込んだ。

「いいか、おれが東京に出張に来ると、会社から出張費で四千円が出る。それが一週間に一回の計算になっているから、ひと月で一万六千円。そのうち千円はおれがもらうから、あとの三千円の四回分で一万二千円。お前の取り分のほうが多いじゃないか。どこに文句がある。これ以上は絶対に出せない！」

彼はいばっていた。美代子は、自分へのお手当が会社の出張費から出ていた事実にショックを受けた。美代子が黙っていると、それを見とがめて、

「何だ、その態度は」

と怒った。その怒りを収めるには、黄金山が飽きるまで、小唄の伴奏の三味線を弾かなくてはならなかった。何十曲も唄うと彼の機嫌は少し直ったが、床に入ると、

「眠れない、眠れない」

とぶつぶつ文句をいい、睡眠薬を飲んで布団をかぶった。隣の布団から寝息が聞こえ

ると、美代子は心の底からほっとして、やっと眠りについた。

美代子の体を張った厄落としのおかげで大病が癒えた母は、家計の一切を取り仕切っていたが、

「やっぱりあちらからのお手当だけだと無理なんだよ」

と顔を曇らせた。どうやっても月に最低二万円はないと難しいという。

「そうでしょう。どう考えたって無理なのよ。なのに『お約束』だけにしろだの、早く帰ってこいだの、どうしていちいち細かい指図をするのか、わからないわ」

美代子が愚痴をいっても、母は黄金山の悪口は一切いわなかった。

いくら彼に怒鳴られても、その通りにしていると生活が成り立たないので、美代子は怒る彼をなだめすかし、

「ごめんなさい」

と謝り続けてお座敷に出た。家に戻って黄金山の機嫌を直すために三味線を弾きながら、本妻がこちらに入り浸りなのを知っていても、明るい声を出していたのがよくわかった。家でも小うるさく、嫉妬深く、ケチな男なのだろう。奥さんからは相変わらず、

「世話になってばかりで悪いわねえ」

と電話があり、漬け物や野菜がどっさり届いた。

(そりゃあ、奥さんも生活さえできれば、ああいう人が家にいなくてせいせいするわね、

きっと)

美代子は腹の中で考えていることを、これっぽっちも表情に出さずに、彼の小唄の相手をした。

黄金山が大田原に帰る週末は、美代子たちにとっては極楽だった。

「あーあ」

と天に向かって背伸びをしたくなる。特に子供たちの顔が明るくなるのが、美代子にはちょっと辛かった。あの人好きで愛想のいい哲雄でさえ、

「パパ大嫌いっ」

といい放った。

「ごめんよ。嫌な思いをさせちゃってね。お母ちゃんが悪いんだよ。いつもパパのそばにばかりいるからね。ごめんね」

何度も美代子は謝った。最初はそうであっても、黄金山もそれ相当の年齢だし、心を入れ替えてくれるのではないかと期待していたが、根本的なケチ、嫉妬深さ、病的なほどの短気さは全く改善されなかった。

「あーあ、毎日が土曜日か、日曜日だったらいいのになあ」

自動車のおもちゃで遊びながらつぶやいた哲雄の言葉を聞いて、美代子は胸が痛んだ。

日曜日の午後、美代子が三味線のおさらいをしていると、玄関から、

と男性の声がした。しばらくしてお手伝いさんの声が襖の向こうから聞こえた。

「亀有の大谷さんとおっしゃってますが」

美代子は驚いた。亡くなった浩の父だ。

「えっ、お客さんって一人？」

「はい、おじいちゃんお一人です」

美代子はほっとした。もう二度とあの鬼婆とは会いたくない。

「ちょっと部屋で待っていただいて」

身支度を整えて居間を覗くと誰もいない。家の中を探すと正一は玄関の三和土《たたき》に、ぼーっと立っていた。

「おじいちゃん、まあ、元気そうで何よりだわ。まあ、そんなとこに突っ立ってないで、上がってくださいよ」

美代子が手を引こうとすると、彼は、

「いや、ほんとにあのときは申し訳ないことで。あんたにもたっくさん迷惑をかけて。許してくれ」

と後退りをして、体を縮めて何度も頭を下げた。

「そんなことといいから。ね、上がってちょうだい」

「あんたの前に顔を出せるような立場じゃないと、重々にわかっているけんども、どうしても、美江や哲雄の顔を見たくなってなあ」

正一は決まり悪そうにもじもじしている。

「どうして遠慮なんかするの。何があってもおじいちゃんの孫には変わりないんだから、顔を見てやってくださいよ」

半分、無理矢理に家の中に招き入れ、美江と哲雄を呼んだ。

「おじいちゃんが来てくれたよ」

二人は、

「こんにちは」

と挨拶《あいさつ》をしてちんまりと座った。

「おお、大きくなったなあ。美江はお姉ちゃんになったし、哲雄はこーんな赤ん坊だったのになあ」

久しぶりに孫たちの顔を見た正一は、目を細めていたが、そのうちに声を詰まらせ、

「お前たちのことが忘れられなくて、かわりに近所の子供たちをおぶったりしていたけんども、実の孫がいるのに会えなかったのが、とても辛かった」

と泣きはじめた。

「おじいちゃん、この二人はおじいちゃんと血がつながった、立派な孫なんだから遊び

に来りゃいいじゃないの。ここはあたしの家なんだから、来たいときにいつでも来ていいんだよ。毎日だっていいんだから」

「こっちがひどいことばかりしたってえのに、そんなことをいわれて、ありがてえ」

正一は色のさめた手ぬぐいで、何度もごしごしと目元をこすった。

「これからどこか行くの」

「いや、行くとこなんかねえ」

「そう。じゃ、あんたたち、おじいちゃんと一緒にお風呂にいっといで」

子供たちは「うん」と返事をして、おじいちゃんと手をつないで、家を出て行った。

美代子はお手伝いさんに頼んで、酒と刺身の準備をして待っていた。

「おじいちゃん、一杯できてるから」

無類の酒好きの彼は満面に笑みを浮かべて、

「ありがてえなあ」

とおいしそうに酒を飲んだ。最初は緊張していたが、酒が入るとすっかり和んで、あぐらをかいて上機嫌だった。しかししばらくすると、

「ばばあに黙ってきたから、そろそろ帰らねば」

と落ち着きがなくなった。鬼婆はまだ君臨しているらしい。

「遠慮なくいつでも来ていいからね。孫の顔を見に来てやってちょうだい。これ、ほん

の気持ちだけど持っていって」

美代子は一升瓶を手渡し、千円札をシャツの胸ポケットに入れた。

「すまねえなあ。こんなことまでしてもらって。あんたには苦労ばっかしかけたのによ。ありがてえなあ」

正一は何度も「ありがてえ」と繰り返して帰っていった。母は彼に対してひとことの文句もいわず、

「またどうぞ」

と快く玄関から見送った。

（あのばあさん、まだ元気なのね）

いびられた頃の嫌な思い出が蘇りそうになり、美代子は首を横に振ってそれを空中に飛ばした。

黄金山は貿易の功労により、勲章ももらっていた。その関係で園遊会やパーティに招かれることも多く、そんな席にはいつも美代子を連れていった。

「そのようなときは奥様がご一緒なさるものなのでは」

と遠慮すると、

「いや、あいつはもともと地元の出で、芸者をしているころも訛《なま》りがとれなかったから、ああいう席に連れていくのは格好が悪い。お前でないとだめだ」

といい、改まった席にはどこにでも美代子を連れていった。

「はあ、そうですか」

とそれに従い、美代子はあちらこちらの晴れがましい場所に同席した。

そういう場にでるにはそれにふさわしい衣裳が必要だ。しかし黄金山は何の面倒も見てくれなかった。着物一枚どころか、帯締め一本すら買ってくれないのである。海外出張にいったときに、

「土産だ」

というので、

(まあ、珍しいこと)

と包みを開けると、中には公園に転がっているような石っころが一個入っていた。

「宝石の原石だ。これを磨いて指輪でも作れ」

どうだといわんばかりに、黄金山はいばった。

「まあ、うれしい」

と口ではいいながら、美代子は、

(これを磨いて指輪を作るのに、どれくらいのお金がかかると思ってるんだ。原石の何倍もかかるんだぞ)

と腹の中でつぶやいた。

（どうせならちゃんと出来上がった指輪がいただきたいもんだわ）

これがこの人がケチな証拠と、もらった原石は小引き出しにいれたまま放っておいた。

黄金山と美代子の関係は、美代子の忍耐のおかげで何年も続いていた。秋の気候がいい時期に、地元の旅館を予約してあるから、家族で遊びに来ればいいと彼から連絡が入った。週末を旅館で過ごしていると、本宅に戻っている本人から電話があった。

「こちらにいらっしゃいますか」

「いや、旅館には行かない」

「そうですか。それではあたしたちは子供の学校がありますので、明日失礼します」

日曜日の夕方に家に戻る予定にしていると、日曜日の午前中に突然、黄金山が旅館に姿を現した。美代子が驚いていると、

「子供たちの学校があるといっていたが、どうしてお前まで帰らなくちゃならないのだ。どうしてだ、どうしてだ」

としつこく文句をいってくる。すでに学校を卒業したら芸者になると決めた美江はもちろんのこと、哲雄もすべての事情がわかるような年齢になっていたので、理不尽なことばかりをいう黄金山には、全く取り合わずに無視していた。

「あなただって月曜日の午後には、うちにいらっしゃるんでしょう。それだったらあたしがここにもう一泊する必要なんて、ないじゃありませんか」

美代子が当たり前のことを当たり前に話すと、彼はぶつぶつと小声で文句をいいながら、みんなを駅まで送りもせずに、運転手つきの車で帰っていった。

(いつまでたっても、わけがわからないわ)

お世話になった当初からずっと、理解しかねる人物であるのは変わりなかった。しかし美代子はこれもご縁と、この関係を断ち切る気はなかったのである。

その後、美江も芸者修業に出て一本になり、哲雄も高校生になった頃、美代子はお祭りの組踊りの慰安会で那須《なす》に行った。そこで地元の周旋屋が、

「百五十坪の土地があるんですが、いかがですか。お安くしておきますけど」

とみんなにパンフレットを配って声をかけてきた。

「ちょっと行ってみる？」

仲間のうちの何人かと話が合った美代子は、その土地を見せてもらった。周旋屋は観光名所を案内してくれて、ボートを漕いだり、馬に乗せてくれたりした。最後に連れていかれたのが、売りに出されている土地だった。

「百五十坪で百五十万円なんですが、百二十でいかがでしょうか」

美代子は周囲を見渡した。景色がとてもきれいで清々《すがすが》しい。

「ここは素敵だわ」

黄金山の本宅の近くというのも都合がいい。彼も七十歳近くになって、大田原と浅草

を往き来するのは大変そうだった。自分がこちらに別荘を持てば、お互い負担にならないのではと考え、美江も自活しているので多少、気持ち的にも余裕があり、元来の不動産好きな性格も手伝って、すぐに銀行から借金をして買ってしまった。

東京に戻って、いつも迷ったときに相談している気学の先生に事情を説明すると、

「あんたはいいところを買ったねえ。四畳半一間でもいいから、すぐに建てなさい。建てろといっても必ず便所はつけないといけないよ。便所がないとただの物置だからね」

といわれた。土地を買うのに借金したのに、また借金かと思いつつ、家を建てた。六畳、八畳の和室と十五畳のリビングルーム、四畳半のキッチンに風呂と便所である。那須に家を建てていると知った黄金山の本妻は、様子を見に来て、

「あら、いい所じゃないですか。庭や家の周りもちゃんとしなくちゃならないから、こちらでしてあげましょう」

とトラックで庭木や生け垣用の木を運んできて、すっかり家周りを整えてくれた。先生に報告すると、

「あんたはそうしなさいというと、すぐに実行するね。それが全部いいほうに向かうんだよ。人は迷ってすぐには行動できないものだからね。その場所はとてもいいけれど、先になってどうしても欲しい物件があったら売っていいよ」

と助言された。

借金はかさんだけれども、これで黄金山も少しは楽になるだろうと思っていた矢先、美代子の家で彼の具合が悪くなった。ふだんより顔色が悪い気はしたが、いつものように小唄をさらうというので、美代子が三味線を弾いていると、突然、前のめりに畳の上に倒れ伏した。

「ちょ、ちょっと大丈夫ですか」

美代子があわてて近寄ると、

「うーっ」

と体を丸めてうめいている。そして苦しそうな息の下から、

「鞄の中、薬、薬があるから」

と床の間を指さした。美代子は床の間に置いてあった彼の仕事鞄を逆さにして、中身を畳の上にぶちまけた。

「あなた、これ、いったい何なんですか」

美代子は目の前に散らばった薬の量に驚かされた。常用している睡眠薬、胃薬、頭痛薬、風邪薬も種類の違う売薬がいくつも転がった。

「そ、そこに気付け薬があるだろう」

タバコの箱の横に転がっていた小さなガラス瓶を手渡すと、彼はそれを二粒口の中にいれて、またうめいた。

「とにかくお医者さんに……」

哲雄に声をかけようとすると、彼は、

「医者はいい。行きたくない。布団を敷いてくれ」

美代子は医者へと何度も勧めたが、黄金山がどうしても嫌だというので、しぶしぶ布団を敷いて寝かせた。水を飲ませると彼は、

「ふう」

と息を吐いて、やっと落ち着いたようだった。

「あんなにお薬を飲んじゃだめですよ。どんなに効く薬でも、かえって毒になるじゃないですか」

散らばった物を鞄の中にしまいながら、美代子が諭すと、

「どれもこれも効かなくなってきた」

とつぶやいた。

「顔色だって悪いわ。疲れもたまっているのでしょうし。しっかりお医者さんに診ていただいたほうがいいんじゃないのかしら」

黄金山は無言だった。

翌日から彼は寝付いた。便所には手を貸せばかろうじて行けるけれども、いつ寝たきりになるかわからない。美代子は病人を抱えてお座敷に出なくてはならなくなった。そ

れでも彼は、美代子が帰るたびに、

「遅い」「いったい何をしていた」「今日の客はどういう奴らだ」

と細々と詮索し、嫉妬し妄想にふけっては布団の中で怒っていた。連絡をとった彼の本妻も急いでやってきた。

「小美代さんには、何から何まで迷惑をかけてしまってねえ。本当に申し訳ありません」

彼女は両手をついて頭を下げた。

「いえ、こちらこそいろいろとお気遣いありがとうございます」

本妻と美代子を前にして、黄金山は無言で横になっていた。

「あなた、どうしますか。どうするんですか。いったい」

多少訛りはあるが、毅然とした態度で本妻はいった。

「ん？」

「『ん？』じゃありません。いったいどうするんですかと聞いてるんです」

「……ここにいる」

小さな声が聞こえた。

「ああ、こちらにいるんですね。わかりました。小美代さん、この人がこのようにいってるので、どうぞよろしくお願いいたします。そろそろ菜漬けが出来上がるので、また送りますね。それじゃあ、失礼いたします」

本妻はあっさり帰っていった。

（えっ）

美代子は拍子抜けした。

「ご足労いただきまして、ありがとうございました」

本妻を見送って部屋に戻る間、これでいいのかなあと首をかしげた。黄金山が治ってくれればいいが、一日、二日で治るような様子ではない。彼は病気になって日に日に猜《さい》疑《ぎ》心《しん》が強くなり、新調した帯締めを締めているだけで、

「誰からもらった」

としつこく尋ねる。そのうえ寝付いてしまったものだから、会社のほうから出張費が出なくなり、いただくはずのお手当が滞った。その分、美代子がお座敷で働こうとすると、布団の中から充血した目だけを出して、ぶつぶつと恨み言をつぶやく。

「これからお座敷をぱっと明るく盛り上げなくちゃならないのに、あんなに陰気に文句をいわれ続けたんじゃ、こっちの気も滅入ってくるわ」

玄関の外に一歩出て、美代子は腹の中にたまっている言葉を吐き出した。そして家の中のごたごたを吹っ切るかのように、背筋を伸ばしてお出先の料亭に向かった。

其ノ七 ご縁の行く末の巻

美代子は浅草の小美代として、あちらこちらのお出先からひっぱりだこになった。黄金山の嫉妬から、

「お座敷に出るな」

といわれたものの、本人が寝付いてお手当が滞っているとなったら、家族の生活を背負っている身としては、もう彼の言葉に従えない。実際、それでは生活が成り立たないし、本妻からは約束通りに樽いっぱいの菜漬けが送られてきたが、これで生活が楽になるわけでも、彼の病気が治るわけでもない。せっかく借金をして建てた那須の別荘も、

ほったらかしになってしまっていた。

黄金山は相変わらず、お座敷の支度をする美代子の後ろ姿を、どんよりとした黄色い目で布団の中から見つめながら、

「うー、うー」

とうなる。

「なるべく早く帰ってきますからね」

明るく声をかけても、

「嘘《うそ》をつくな。昨日もそういったくせに、帰ったのは十時三十三分だったじゃないか」

とくらーい声でつぶやく。お手伝いさんは涙を浮かべて、

「お世話をしてさしあげようと思いましても、『お前なんかあっちに行け！』と、本当に怖い顔で怒鳴られます。おとといも昨日もぶたれました」

とお座敷から戻った美代子に訴える。

「『あいつはこのままおれを殺す気なんだ』なんて、ずーっと恨み言もいっておられます」

黄金山の顔も目も日に日に黄色くなってきていて、本人のためにも家族のためにも、なるべく早く病院にいれたほうがいいと美代子は判断した。

「いくらお医者さまにかかりたくないとおっしゃって、うちで寝ていらしても、このま

までにはよくならないですよ。勲章までいただいた大切なお仕事がおありになるんですから、早くお医者さまに診ていただいたほうがいいです」

そう黄金山を説得すると、彼も自分の体調が思わしくないと自覚しているので、しぶしぶこの家を出て入院するのに同意した。美代子は家の近くにある、めぼしい病院のいくつかに聞いてみたが、空きベッドはないと断られた。

ある日、お座敷に出向くと、東大病院の分院の先生がいらした。美代子は、

「お座敷でこういう話も何なのですが……」

と事情を説明すると、

「僕の担当は外科だから、とりあえず外科の病棟に入ってもらって、空きができたら内科に移ることはできるかもしれない。ちょっと聞いてみてあげるよ」

といってくれた。

「ありがとうございます。よろしくお願いします」

美代子は何度も先生に頭を下げた。そして運よく外科に個室の空きがあって、とりあえず入院できるようになった。

「本当によかったわ。最初は外科のほうなんですけれど、空きがあり次第、内科に移れるんですって。しばらく入院なさって治療を受けて、ゆっくり休まれたら、きっとすぐに元気になりますよ」

黄金山は黄色い顔をしかめて、ぷいっと横を向いた。

「どうなすったんです」

彼はそっぽを向いたままだ。

「あさって入院ですから、準備もしないといけませんねえ」

美代子が立ち上がろうとすると、黄金山は、

「ふざけるな」

と怒鳴った。

「えっ」

「だいたい、世話になっている患者でもないのに、そんなに簡単にあの病院に入院できるわけがない。お前、浮気をして医者をうまく丸め込んだな」

どんよりした黄色い目が、じとっと美代子をにらみつける。

「何をおっしゃるんです。せっかく東大の先生がご親切にしてくださったのに」

「そのご親切のために、浮気したと正直に白状しろ」

美代子が言葉に詰まっていると、

「お前は厄落としのために、浮気をするような女だからな」

と吐き捨てるようにいった。

重体の母を救うために、向かい干支《えと》の男性と浮気をして厄落としをした話は、浅草の

花柳界で有名になっていたので、黄金山も知っていた。浮気といっても相手には奥さんがいたが、美代子のほうはすでに夫の浩は亡くなっていたし、お世話になっている旦那もいなかったので、不義理をしたわけではない。

「ひどいわ。あなたがいながら、あたしがそんなことをしたと思ってるんですか。先生にお願いしただけで浮気は一切しておりません。信じてください」

「ふん。芸者の旦那のために、何もしないで親切にしてくれる医者なんているものか」

「それがそうして下さる、とてもいい先生なんです」

いくら美代子が説明しても、黄金山は、

「医者と浮気した。白状しろ」

と繰り返した。分院に入院が決まって、喜んでくれると思ったのに、それどころか罵《ば》詈《り》雑言《ぞうごん》を吐かれて、美代子は心の底からめげた。

(どうしてこの人は、こういう人なんだろうか)

さっさと帰っていった本妻が、あらためてうらめしくなってきた。

入院当日、黄金山の会社の車を頼んで病院に行き、美代子は荷物を持って付き添った。外科の個室のベッドに寝ながら彼はむっとした表情で、彼女を無視しているかのようにずっと黙ったままだ。

「社長、大丈夫でしょうか」

運転手が心配そうに聞いてきた。人がやっていなかった、外国との食品貿易の会社を一代で創った黄金山を、彼は尊敬しているようだった。

「お医者さまに診てもらうのは嫌だって、ずっといってましてねえ。やっと入院してくれたんですよ。大きな病院でちゃんとした治療をしていただけば、何もしないで家で寝てるより、ずっとよくなるのは間違いないですから」

「そうですよね。社長のこと、どうぞよろしくお願いいたします」

彼は深々と頭を下げて帰っていった。

入院を知らせると、本妻がすぐに病院にやってきた。

「こんなにいい病院に入れていただいて。よかったわねえ、あなた。全部、小美代さんのおかげだわ。ありがとう、ここまでやってもらって。これで元気になってまた仕事ができるじゃないですか」

本妻は都内に宿をとって、病院に通うといっていたが、美代子は、

「奥様さえよければ、うちにお泊まりになったらいかがです。旅館やホテルに泊まると、大変ですから」

と申し出た。

「あら、そう、悪いわねえ。それじゃ、お邪魔しようかしら」

それから美代子の家には本妻が泊まることになった。夜は美代子が寝ている隣に布団

を敷いて本妻が寝る。

「何だか変ですね」

二人で天井を眺めながら、美代子がつぶやいた。

「本当ね、ふふふ」

彼女も笑っていた。

しかし本妻は病院で夫の洗い物が出ても、絶対、自分で洗おうとはしなかった。美代子が顔を出すと、

「悪いわねえ。小美代さん、これ、洗っておいてね。お願い」

と汚れ物を全部まとめて美代子にまかせて帰っていく。自分は一切、汚れ物には手を出さない。本妻に、

「お願い」

と頼まれたら、断れるわけがない。汚れ物を洗いながら、

(さすがに本妻さんは頭がいい)

と感心した。もともと芸者をしていた人ではあるが、美代子の存在にいきり立つ姿などみじんもみせず、ああいう気難しい性格の男性の世話を、全部、まかせてしまった。入院費の話も全く出ないところをみると、それもこちら持ちになる可能性が大きい。

(たいしたもんだ)

美代子は、うまーく立ち回る本妻の頭脳プレーに感嘆せざるをえなかった。

黄金山は一週間ほどで内科の個室に移り、本格的な治療が始まった。入院してひと月ほど経ったころ、本妻は、

「よろしくお願いします」

と自宅に戻っていった。病院食が口に合わない黄金山は、

「お前や子供たちは、おれがいない間にみんなでうまいものを食べて、羽を伸ばしているんだろう」

と妄想してはいやみをいう。たしかに黄金山がいなくなってから、みなほっとして家の雰囲気がとっても明るくなったが、正直にいったら、どんなに激怒するかわからない。

「そんなことしていませんよ。何か召し上がりたいものがありましたら、持ってまいりますけど」

「『弁天』のざるそばが食いたい」

「弁天」というのは美代子の家の近くにある蕎麦《そば》屋で、彼のお気に入りの店だった。

「わかりました。それじゃあ、こちらに届けてもらいましょう」

美代子は食事の時間に合わせてそばを届けられないので、車屋さんに頼んで毎日、病院にざるそばを届けてもらった。本妻は入院がふた月目に入ると、週に三日くらいの頻度で通ってくるようになり、そのときに美代子は顔を出すのを遠慮した。やはり病院と

いう場所もあるし、本妻がいるのであれば、自分があまり顔を出してはまずいと配慮したのであるが、それを知ってか知らずか、本妻は相変わらず、経費と汚れ物は美代子まかせであった。

そんな生活が続いたある日、黄金山を紹介してくれた唐辛子屋の社長にお座敷に呼ばれた。

「小美代ちゃん、黄金山なんだが、自分が世話してこういうのも何だけど、そろそろ潮時じゃないかと思ってさ。お暇をもらったらどうだろうねえ」

「お暇って、別れろっていうことですか」

「奥さんもたびたびこっちに通って来てるんだろう。治療はしてもらってるけど、退院しても前のように働けないんじゃないかなあ。もしも退院してこっちに引き取ったとしたら、今度こそあんたが働けなくなるよ。だから退院する前に話をつけて、本宅のほうへ戻しちゃったほうがいいと思うんだよ」

黄金山が旦那になってから、十年になろうとしていた。その間、ずーっと彼の性格に悩まされ続けたが、美代子は内情を誰にも全く話さなかったので、社長は二人の状況を知らなかった。彼女にまかせておけば、すべてうまくやってくれるだろうと思い、この話も黄金山が入院したと聞いて、切り出したのである。

「そうですねえ」

「それに、別れるについては、手切れ金も欲しいだろう」

「本妻さんじゃなくても、いただけるんですか」

「きみも黄金山が入院するとなって、忙しいのに面倒をみたんだろう。それくらいはしてもらってもいいんじゃないか」

「そりゃあ、いただけるものなら、一千万でも二千万でも欲しいですけれど」

美代子は冗談でいった。

「でも本妻さんだったら慰謝料だのあるでしょうけど、もともとそういう立場ではないですし。こちらからいくら欲しいとはいえません」

細かい話をはじめるときりがないので、美代子は金銭的な問題はすべて先方にまかせようとした。

「そうか、わかった。悪いようにはしないからね」

美代子は黄金山との別れが近づいている状況をしみじみと考えた。

特別、惚れぬいた仲でもなかったし、理解し難い性格の人物だった。それでも十年近くも続いたのは、出会った人とは何かの縁があると思う美代子の性格によるものだった。何百万、何千万という人がいるなかで、知り合うなんて何かがないと出会うはずがない。だから黄金山のような性格の相手とでも、関係を続けられた。たしかに嫌なことはたくさんあったが、小唄好きの彼の伴奏をよく務めたおかげで、お座敷でどんな小唄でも弾くことができるようになっていた。考えようによっては、どんな人でも自分に何らかの得をもたらしてくれるのである。

(社長のいうように、もういい頃合いなのかもしれない)

美代子は心を決めた。

別れ話が出てからしばらくして、美代子は哲雄と一緒に病院に行った。本妻が来ていて遠慮をしていたため、足が遠のいていて、洗い物も溜まっているだろうと思ったのである。もともと優しい性格の哲雄は、小学生のときは、

「パパ、大嫌い」

といっていたが、すでに大学生となり、黄金山が入院してからは体調を心配していた。口に合いそうな手みやげを手に病室を覗いた美代子は、

(?)

と首を傾《かし》げた。ベッドはきれいに整えられ、スーツ姿でソフト帽をかぶった黄金山が腰掛けている。その横には本妻が立っていて、運転手まで揃っていた。

「あら、どうなさったんですか」

三人は美代子たちを一瞥《いちべつ》すると、つーんと横を向いた。

(えっ。どうしたの、いったい)

美代子はわけがわからずに入り口に立ちつくした。

「あのう、これは……」

本妻も運転手も知らんぷりをしている。

「お母さん、ちょっと変だよ」

背後から哲雄が耳打ちした。

「そうだねえ、どうしたんだろう」

二人でささやき合っていると、黄金山が、

「今日、退院だ！」

そういい放って、また横を向いた。

「退院ですって？　まあ、そんな急に。あたし、何もうかがってなかったわ。電話くらい下さればよかったのに。奥様、本当なんですか」

あれだけ愛想がよく、家にまで泊まっていった本妻も、目の前の美代子を完全に無視している。

「本当なんですか」

運転手のほうを見ると、何か月か前に社長をよろしくと深々と頭を下げたのが嘘のようにそっぽを向いている。それでも退院となるといちおうおめでたいので、美代子は小声で、

「おめでとうございます」

といった。

「ふんっ、お前には関係ない」

黄金山は捨てぜりふを吐き、あっけにとられる美代子たちを病室に残して、三人は姿を消した。美代子と哲雄は呆然として、彼らが去っていった廊下を眺めるしかなかった。

家に戻った美代子は、どう考えても何度考えても腑に落ちない。

「やっぱり変よねえ」

それからは黄金山からも本妻からも、全く連絡がなかった。

「納得がいかないわ」

自分一人では埒《らち》があかないので、これは専門家に聞いてみたほうがいいと考えた。そこへ美代子をずっと贔屓《ひいき》にしてくださる「舟和《ふなわ》」の社長さんのお座敷がかかった。

(そうそう、いつも弁護士の先生といらしてたから、あの方にうかがってみよう)

社長は、いつも吉田茂首相に似ている会社の顧問弁護士と二人でいらしていた。弁護士の先生は身だしなみもよく毅然としていたが、座敷では楽しそうににこにこ笑っていた。美代子は、

「ちょっとご相談したいことがあるんですけれど」

と切り出した。

「ここで話せば。いいよ、遠慮しないで」

社長はそういってくれたが、美代子は、

「お酒の席でお話しするのは気がひけますので、申し訳ありませんが私どもの家まで、ご足労いただけますでしょうか」

とお願いした。

「ああ、いいですよ。ご都合のいいときにお伺いしましょう」

先生は快く承諾してくれた。

後日、自宅に足を運んでくれた先生に、美代子は事情を説明した。

「きっと間に入ってくださった方が、あたしが冗談で一千万とか二千万とかいったのを、そのままお話ししてしまったのではないかと思うんです。先方は本宅に戻られたのですが、このままでいいのでしょうか。お金がどうのこうのではなく、話もきちんとしない終わり方でいいのかと」

「きみたちの場合は、入籍しているわけではないから、まあ、それでもいいのではないかと思うけど、ただきみのほうに好きな人ができてうまくいっているところへ、先方が具合がよくなって戻って来られると、ちょっとうまくないしねえ。ご縁がないのだったら、この際、きちっと話をつけたほうがいいかもしれないね」

先生は話を聞いてうなずいている。

「慰謝料はいらないの」

「いりません。この家を建てるときには、多少、融通していただいたし、あたしもこうやって働かせていただいていれば、何とかなりますから」

「ふーん、一銭も」

「そりゃあ、いただければうれしいですけれど。こちらのほうからいくら下さいとは申し上げられません」

「そう。はい、わかりました」

先生は美代子の説明を聞いて、帰っていった。

その夜、美代子がお座敷に出ると、「舟和」の社長と一緒に先生が来ていた。お座敷が終わって夜八時過ぎ、美代子と先生は連れだって家に戻った。

「先方に出す手紙を書いてみたんだけれど、これでどうかね。よければきみのほうから、投函しておいて欲しいんです」

先生は手紙と、切手を貼った封筒までご丁寧に持参してくれた。

「ありがとうございます。あらー、難しい字がたくさん書いてありますねえ。これまでの御礼と、残念ながらご縁が切れたけれども、お金のことでどうのこうのいうつもりは全くございませんと、書いてあるんですね。はあ、そうですか。お手数をおかけして申し訳ありませんでした」

美代子は頭を下げた。

「あのう、これできみが一人になって、僕みたいな者でよかったら、今度は僕がご縁を結びたいんだが」

先生は遠慮がちにいわれたが、あまりに唐突だったので、美代子はびっくりした。

「あ、はあ」

別れ話の後始末をしているときに、そんなことをいわれても、

「あら、うれしいわ」

とはいえない。こちらが岡惚れしていた人ならともかく、お座敷での先生の印象は、毅然としている還暦を過ぎたおじいちゃまだった。

「先生のお言葉、とてもうれしくうかがいましたけど、今、何てお返事していいかとまどっちゃってますので、ごめんなさい。今度お目にかかったときに、ゆっくりお話しさせてください」

そういうのが精一杯だった。

「うん、わかった。それでは今日はこれで失礼します」

玄関で見送る美代子に、先生が、

「小美代ちゃん」

と声をかけた。

「はい」

と返事をしたのと同時に、ほっぺたにキスをされた。

「いい返事を待ってるよ」

そういって帰られた。

「…………」

美代子はぼーっとしていた。そしてお座敷着を着替え、布団の中に入ってもずーっと胸がどきどきし続けていた。

数日後、手紙を読んだ黄金山から電話がかかってきた。

「まあ、お元気ですか」

美代子がたずねると、

「元気なもんか。こっちで入院している」

相変わらず不機嫌だ。

「何だ、あれは」

「あのときご挨拶《あいさつ》もろくにできずに、さっさとお帰りになったでしょう。あんな状態でお別れしたものですから。きちんとこちらの気持ちを申し上げたほうがいいかと思ったんですよ」

「いったい誰の差し金なんだ。新しい男か」

「そんな人なんかおりませんよ」

「お前がこんな立派な文章を書けるわけがない。弁護士にでも書いてもらったんだろう。いったいどういうつもりなんだ」

「無学なものですから、難しいことはわからないんですよ。ですからあなたに失礼がないようにきちんとしたものを書こうと、弁護士の先生にお願いしたんです」

「ふん」

黄金山はふんっふんっと、やたらと鼻息を荒くしていばっている。

「だいたいだなあ、おれは金なんかけちってないんだ。お前のために旅館のひとつでも持たせてやろうと思っていたのに」

そんな話は初耳だった。だいたいお手当すらいただけなくなったし、入院費もろもろもこちらが負担したというのに。

「なのに、お前が一千万、二千万の手切れ金をよこせなどというから。本当に腹が立つっ」

「あれは社長との話で冗談でいっただけなんですよ。手紙に書いたとおり、今回の件につきましては、金銭的なご迷惑は一切、おかけしません」

「ふんっ」

結局、黄金山が終始いばりくさった状態で、一方的に電話は切れた。美代子はため息をつきながら受話器を置いたものの、これで正真正銘やっと身軽になったのだと、気持ちが楽になってきた。

ほっとしたとたん、きりきりと胃が痛みはじめた。いくら胃薬を飲んでも痛みは治まらない。不安になって哲雄に付き添ってもらって、病院で検査を受けると、胃に影があるといわれ、再検査をいい渡された。

「再検査だって。嫌になっちゃうねえ」

ため息まじりにつぶやくと、哲雄が、

「これまであんな辛い思いをし続けたんだもの。胃だって痛くなっちゃうよ」

と慰めてくれた。異常があるといわれているのは気分のいいものではない。美代子が気学の先生に相談すると、

「うーん、特に問題ないと思うよ。再検査の日までに方角のいい場所にいって、骨休めでもしてきたらどうかね」

と勧められた。方角のいい場所は熱海だった。黄金山との神経を遣い続けた日々の鬱《うっ》憤《ぷん》を晴らそうと、美代子と哲雄は熱海に一泊旅行に出かけ、温泉に入って久々にのんびりした。

東京に戻り、不安を抱えつつ再検査を受けると、医者は胃カメラの映像を見ながら、

「ああ、これね」

と、胃の中で何やらしゅっしゅっとやっていた。

「ほら、とれちゃった」

（とれちゃったって何が。大事なものがとれちゃったのかしら）

美代子は心配になってそーっと医者の顔を盗み見たが、深刻そうな顔はしていなかった。

いったいどんな結果が出たのかと、緊張していると、

「特に問題はありません」

と医者からいわれて美代子は心からほっとした。一緒に結果を聞いた哲雄も喜んでくれた。

「よかったねえ、お母さん。お祝いに帰りに僕がご馳走するよ」

「あら、うれしいねえ。ありがとう」

胃が悪いといわれてから、安心して食事もとれなかった。何を食べても味気なかった。しかしこれで晴れて思いっきり食べられる。病院からの帰り道、哲雄と喫茶店に入った。美代子はサイダーを頼んだ。目の前に運ばれてくると哲雄が、

「これが僕の奢《おご》りだから」

という。

「ご馳走してくれるって、これ？」

内心、お寿司かしら、うなぎかしらと楽しみにしていた美代子は拍子抜けした。

「ごめん。バイト代を遣っちゃって、これくらいしかできないんだ」

「いいんだよ。お母ちゃんはあんたのその気持ちがうれしいよ。ありがとね。いただきます」

頭を掻《か》く哲雄に、美代子は礼をいってゆっくりサイダーを飲み干した。

それから黄金山は何もいって来なかった。これで関係は終わったとほっとする反面、弁護士の先生に返事をしなくてはと思っていた矢先、お出先の料亭の仲居さんから、

「小美代さん、あの『舟和』の社長さんといつもご一緒の弁護士の先生、ご存じでしょう」

といわれてぎょっとした。

「ええ、よく存じ上げてるけど」

「あの方、前々から小美代さんがお気に入りみたいで、事あるごとに『あの子、どうなのかなあ』っておっしゃってましたよ。だからそのたびに、いい旦那さんがいらっしゃるようですよってお返事しておきました」

「まあ、そうだったの」

美代子は何度もお座敷で接しながら、先生の気持ちに全く気づかなかった。他にもお客様で弁護士の先生がいないわけではないのに、あの方に声をかけたのは、これも何かの縁に違いないと感じはじめていた。

其ノ八 大人の関係の巻

弁護士の恩田《おんだ》先生からの申し出を受けて、美代子は即答をしかねていた。黄金山との縁が切れたとはいえ、心情的にすぐさま次の方というわけにはいかない。それともう一人、美代子に話を持ちかけてきた、今市《いまいち》さんという信託銀行に勤めている男性がいた。彼はこれまでに何度か、美代子をお座敷に呼んでくれていた。お席に出向くと、

「四柱推命《しちゅうすいめい》で観たのだが、今日は僕たちにとって運命的にいい日なんだ。実は僕はきみとご縁を結べたらいいと思っているのだけど、最もよい日は来年の今日なのだ」

と手帳を見ながら、もそもそと話しはじめた。

「はあ」

美代子があっけにとられて聞いていると、しきりに今市さんは、

「来年の今日がいい。来年の今日がいちばんいいのだ」

といい続けて、そして帰っていった。丁寧にお見送りをしてから、美代子は首をかしげた。

（いったいあれは何だったの？）

お客様がご縁を結びたいというのは、お世話をしたいという意味である。

（四柱推命によると、っていってたけど、『金色夜叉《こんじきやしゃ》』のお宮《みや》じゃあるまいし、来年、再来年っていわれたって、まどろっこしくてわかりゃしない）

まだ恩田先生にも返事をしていないうえに、はっきりと物をいわない今市さんには返事ができない。

（いいや、こっちは放っておこう）

美代子が返事を保留している間にも、「舟和」の社長からのお座敷がかかった。どうしたらいいかしらと迷っている美代子を察してか、先生は、

「すぐに返事をくれなくてもいいよ。いつまでも待っているからね」

といってくれた。そして、

「安物だけど、お守りがわりに」

と小さな観音様の像をくれた。

「ありがとうございます。肌身離さず持っておきます」

美代子は彼のこういった優しさと穏やかさに惹《ひ》かれていった。黄金山は二十五歳年上、恩田先生は二十歳年上で、どちらも立派な大人の男性であったが、すぐにかっとなり、重箱の隅を楊枝《ようじ》でほじくるような性格と、いつもにこにこと温厚で、おっとりとしている性格と、二人は正反対だった。半月ほど考えて、美代子は恩田先生のお世話になると決めた。

「そうか、それはありがとう。僕は会社の社長さんのようにお金もないし、このような男だがそれでもいいんだね。どうもありがとう」

先生は心からうれしそうに、何度も礼をいった。

「いいえ、そんな。こちらこそよろしくお願いいたします」

「となったら、きみにはお子さんがいるから、僕たち二人だけで納得するわけにはいかないな。まず最初にきちんと挨拶《あいさつ》をして、子供さんたちにも納得してもらわなくてはならないからね。そうだ、仲見世の脇に大きな評判のいい鶏屋があっただろう。あそこで食事でもしながら、話ができたらと思うんだが、どうだろう。子供さんたちにそのように伝えてくれるかね」

さすがに弁護士の先生は、話し方に威厳があると、美代子はちょっと緊張した。こういった男女の話でも、色気があるというより、義務を果たすといった雰囲気になった。

「はい、承知いたしました」

美代子はそう返事をして、美江と哲雄に事情を話した。二人とももう子供ではなく、美代子の手から完全に独立していたので、

「お母さんの好きなようにすればいいよ」

といわれたものの、先生のたっての希望で、そのおいしい鶏を食べさせる店で顔合わせをした。

「これからお母さんのお世話をさせていただきたいと思っています。恩田です、どうぞよろしくお願いします」

先生は丁寧に頭を下げた。

「母が幸せになれるのだったら、私たちは喜んで賛成します。母はこれまでいろいろとあって、苦労続きだったので、幸せにしてやってください。こちらこそよろしくお願いいたします」

子供たちの言葉を聞いて、美代子は胸が詰まった。美江は幼いときに美代子が義母の鬼ばばあにいびられているのを見ている。哲雄は黄金山が家で暴れるのを嫌がっていた。自分が苦労したというよりも、これまで子供たちにたくさんの我慢をさせてしまったという思いのほうが強かった。子供たちがいたからこそ、頑張ってこられたのに、二人は

母の将来を考えてくれている。

「ありがとう。二人ともどうもありがとう」

美代子も子供たちに頭を下げた。先生が席を立ったとき、美江が、

「お母さん、よかったわねえ。品もいいし立派な方じゃないの」

といってくれた。

「うん、そうだね」

いただいた観音様を見せると、

「そのままじゃ何だから、私が袋を作ってあげる」

といって、後日、小さな袋を編んでくれた。美代子はそれを帯揚げに通して身につけた。これからは、以前のように、毎日、怒鳴り声を聞かされるような目に遭わないのは間違いなかった。

二人になると先生は、

「きみにはきちんと話しておかなくてはならないことがある」

と過去の女性関係を話しはじめた。

「ちょっと、先生。そんなことおっしゃらなくてもいいですよ。あたし、気にしやしませんから」

美代子が遮っても、

「いや、そうはいかない」

と先生は真顔で語りはじめた。

「えー、僕には女房がいるけれども、この妻は二番目なんだ」

「はあ、そうですか」

先生の一回目の結婚は、大学の法科の同級生の女性だった。司法試験に合格後、二人はすぐに結婚したものの、お互いがあまりに忙しすぎてすれ違いになり、結婚生活は二年ほどで破綻した。

「で、今の女房と再婚したのだが、これは懇意にしていた浅草の芸者だった。きみの先輩というわけだな」

「あら、そうなんですか」

「うん。そうなんだが……。実は結婚して以来、一度も、女房から茶を淹《い》れてもらったことがない」

それを聞いて美代子は驚いた。先生はすでに還暦を過ぎている。お手伝いさんはいるらしいけれど、そうであっても妻であったら夫に茶の一杯くらい淹れるだろう。いったい結婚して何年、放っておかれたのだろう。

「本当ですか」

「ああ」

先生はちょっと悲しそうな顔をした。

「結婚前はそんなふうじゃなかったのに、結婚したとたん、変わってしまったような気がする。せっかく世田谷の岡本に家を建てたのに、『こんな鳥も通わぬ離れ小島に来て』と、毎日、毎日、愚痴をいわれ続けた」

お座敷で会っていたときは、楚々《そそ》としてあれこれ気配りをしてくれたのに、結婚したとたんに何もしなくなった。

「とにかく酒が好きで、昼間はずっと酒を飲んでいたらしい」

それが原因なのか、奥さんは何度も入退院を繰り返して、病身になっていた。

「結局、残ったのは四人だったけど、子供を九人産んだのも原因かもしれないが」

「あらまあ」

美代子は「病身」と「九人出産」が、頭の中でなかなか一致しなかった。仕事では裁判や訴訟などの緊張した場にいて、家に戻ったときに妻から優しい言葉のひとつもかけてもらえず、お茶すらも淹れてもらえなかったら、目が外に向くのも致し方ないだろう。

「それでも子供たちは全員、学習院を卒業して立派に育ってくれた」

「まあ、それは素晴らしい」

学習院なんて、皇族の方々としかつながりがない名前だと思っていた美代子は、思わずつぶやいた。

「子供たちは僕の自慢なんだ」

先生はにっこりと笑った。

「で、話を戻すが、しばらく吉原の高尾という花魁《おいらん》にいれあげてしまってなあ。あれはいい女だったなあ」

美代子はじっと先生の顔を見ていた。

「きみには何でも話せるなあ。一度、女房にぽろっと話したら、ひどい目に遭った」

「当たり前ですよ。奥様におはなしになるような話じゃありません」

「それと、まあお恥ずかしい話だが、うちの事務所の事務員とちょっとあれこれあって、えー、子供ができてしまったのだが、養育費その他、双方の話し合いですべて片付いているので、こちらは問題はない」

「はあ」

「で、実はきみの前に、長年、世話をしていた芸者がいて……」

「はあ」

次から次へと出てくる話に、美代子は目をぱちぱちさせた。

「とってもいい人でねえ。実は二十年前に亡くなったんだ。あまりに二人でいたときが幸せだったから、彼女の死に際に手をとって、『もう一生、彼女は作らないから』と誓ったくらいなんだよ。でもきみとこういうふうになってしまって、このままでは彼女に嘘をついてしまったことになる。彼女にはきちんと説明しなくてはならないんだ」

「はあ」

「そこで僕と一緒に、彼女の墓がある多磨霊園に行って欲しいんだ」

「あ、はい、わかりました。ご一緒いたします」

どこまでいっても筋を通す先生なのである。でも美代子にはそういうけじめをつける態度が好ましかった。

先生がすぐに行かねばならぬというので、二人で元彼女の墓参りに行った。お墓に手を合わせた先生は、

「あんなに誓ったのに、大変に申し訳ない。きみは優しい人だったから約束を破ったとか、裏切ったとかはいわないとは思うが、僕があのときに誓ったのは事実なので、それが守れなかったのをあやまりたい。この人はきみと同じようにとってもいい人なので、これから二人を見守っていて欲しい。よろしくお願いします」

と神妙な顔でいい、美代子にも何かいいなさいと促した。

「あの、お初にお目にかかります。浅草の小美代と申します。このたびは先生とご縁をいただいて、このようなことになりました。ご挨拶にうかがわせていただきましたので、どうぞよろしくお願いいたします。あなた様の分まで先生を大切にいたしますので、これからもどうぞ先生をお守りくださいまし」

いい終わって、美代子はふーっと息を吐いた。ひと仕事終えた気持ちになった。

「こういうのってはじめてだから、何だかあがっちゃったわ」

「それは、そうだろうなあ」

帰りに二人で鰻《うなぎ》を食べながら、美代子は、

(これから先生との新しい関係がはじまるのだ)

と少しほっとした。

先生との関係がはじまっても、奥さんがいる限り、美代子は陰の立場である。これまでの話を聞いていて、美代子は先生が気の毒でならなかった。お座敷などではそんな顔はみじんもみせず、いつも笑っていたからだ。だから美代子は先生が楽しそうにしている顔しか知らなかった。二人でいるときに先生は、

「弁護士という仕事は、刃物を持たない戦いなんだ」

と何度も繰り返していた。そんな大変な仕事をしながら、家庭に安らぎがない生活は辛かっただろう。美代子は先生の気持ちを埋めて差し上げられればと考えた。地方の裁判所への出張があるときは、病身の奥さんに代わって必ずついて行った。先生は自分の車で出かけるので、少しでも負担が軽くなるように、身の回りの世話をしたかったのである。隅の傍聴席に座っていると、検事があだこうだと話しているときに、先生は椅子に座って目を閉じてじっとうつむいている。身じろぎもしないので、美代子は、

（やだわ、部屋が暖かいから寝ちゃったんじゃないかしら。大丈夫なの。このままじゃ負けちゃうんじゃないのかしら）

と心配になってきた。ところが裁判長から促されたとたん、ぱっと目を開き、

「その件に関しては……」

と声を出した。その朗々として毅然とした声の響きに、美代子はびっくりした。ふだん話しているのとは全く違う発声で、この声だけ聴いていても、

「間違いなく先生のほうが勝つ」

と思える雰囲気が漂った。夜、ホテルの部屋で、

「よくあれだけの声が出ましたねえ」

と褒めると、

「そう。弁護士は声がとても大切なんだ。迫力がないとね。そのために長唄や河東節《かとうぶし》をずっとやってるんだよ。あれは小唄じゃ出ないんだな。長唄じゃないとだめなんだよ。だからそのための稽古《けいこ》は必要なんだ」

と教えてくれた。それから美代子は、そういう場所に行くたびに、難しい裁判の内容はわからないので、検事や他の弁護士たちの声を聴いては、

（この人は長唄をやればもっといい声が出るのに。こっちの人はだめだわね）

などと考えながら時間を過ごしていた。

先生との生活を大事にしながら、美代子は相変わらずお座敷に出ていた。先生のお世話になってあと少しで一年というとき、四柱推命好きの、もごもごと『金色夜叉』みたいな台詞をいった今市さんが、ふらっとお座敷に姿を現した。彼はあれ以来、全く姿を見せていなかった。

「お久しぶりでございます」

「ああ、ちょっと体調が悪くてねえ」

彼は挨拶もそこそこに、背広のポケットからいつもの手帳を取り出した。

「あのね、きみと恩田先生と僕の相性をね……」

「えっ」

彼は美代子の周辺を調査して、生年月日などの情報を仕入れていた。

「それが……、誠に残念なんだが」

彼は額の汗を右手の拳で拭いた。

「何度やってみてもどうやっても、先生との相性のほうが、僕とよりも上なんだなあ。ほーら」

見せられた手帳には、三人の名前と生年月日が書いてあったが、美代子には何が何だかさっぱりわからない。ともかく彼はがっくりと肩を落としているので、こちらとは相性が悪かったんだという事実だけは理解した。

「ここまでしていただいて、本当に申し訳ないんですけれど……」

先生との出会いは本当にひょんなことで、縁があったとしかいいようがなかった。

「ああ、わかってるから、それは。二人の仲を裂こうなんて、これっぽっちも思ってないんだよ。ただね、二人の気持ちだけじゃなくてね、四柱推命で本当の相性はどうかなって調べてみたら、こういう結果でね。それを聞いてもらいたかっただけ」

「そうなんですか。わざわざありがとうございました」

彼は手帳を何度も開いたり閉じたりしながら酒を飲み、ため息をついて帰っていった。自分の前で占いの結果を告げて、彼が気持ちにけりをつけようとしているのが、痛いほどわかった。

二日後、美代子の家に一人の中年女性がやってきた。髪の毛は乱れて目がつり上がり、肩で息をしている。

「あの、どちら様で……」

いい終わらないうちに、

「あたくし、今市の家内でございますっ」

と彼女はヒステリックに叫んだ。

「まあ、今市さんの。いつもご主人様にはお世話になっておりま……」

「ちょっと、うちの主人、来てますでしょ」

「いいえ」

美代子は目を丸くした。

「うちの主人、どうも好きな人がいるんじゃないかって思いまして、四柱推命で観てもらったんです。主人の相手ってあなたじゃないですか」

「たしかにお座敷でお相手はさせていただきましたけれども、そのような関係では」

「あなたは子供もいらっしゃる弁護士さんのお世話になっているのでしょう。主人と二股をかけているんじゃないの」

「どうして先生のことをご存じなんです？」

「ぜーんぶ、調べましたっ」

今市家は夫婦揃って何でも調べる性格らしい。ちょうどそのとき先生が来ていたので、突然の今市夫人の登場に驚きながらも、

「家の中をご覧になりますか」

と室内に招き入れようとすると、奥さんは玄関に置いてある紳士靴に目をとめた。

「これは、主人のじゃありませんね。うちの人のはもっと小さいもの」

「それはうちの先生のなんですよ。どうぞ遠慮なくお調べください」

しばらく奥さんは、美代子の顔を見つめて玄関で棒立ちになっていたが、

「わかりました。わたくしが誤解していたようですね。失礼いたしました」

と頭を下げて帰っていった。美代子は奥さんのきついなかに寂しさのある表情を見て、あれほど顔に出るくらいだから、これまで辛い思いをしてきたのに違いない。自分が思うようにかまってもらえないから、旦那さんの女性関係を必要以上に詮索して、妄想を抱くのだろうと気の毒になった。

「きっとあたしを見て、美人じゃないから安心したんだわ」

先生にそう話すと、彼は、

「そんなことないよ。美代子はかわいいよ」

といってくれた。

「きみは今市さんに心残りでもあるのか」

「いいえ、それほどご贔屓《ひいき》さんといえるような方でもなかったし、心残りじゃなくて、何だか今日のことで、ご夫婦とも気の毒になっちゃった」

「ああ、それはそうだな」

ご縁というものは不思議なものだと、美代子はつくづく身にしみて感じていた。

美代子は黄金山のときと違い、お座敷に出るときも神経を遣わないで済むようになった。あのときは何とも感じなかったけれど、家に大暴れするような男性がいないのは、これほどゆったりと仕事ができるものかと我ながら驚いた。先生は美代子がお座敷から戻ると、

「ご苦労様」

と労ってくれたけれども、遠回しに、あまりお座敷に出て欲しくない、できれば小唄の師匠でいればいいじゃないかというような話もされる。

「そうですねえ。でもすぐにやめますというわけにもいかないし、どうしても出なくてはならないお席もありますから」

「それはそうだよ。きみにも仕事上の責任というものがあるからね。まあ、無理をしないで断れるものは断って、のんびりやって欲しいというお願いだ」

男性としては、好きな女性がお座敷で他の男性の相手をする行為に対しての焼き餅はあるけれども、先生は優しく美代子を見守ってくれていた。これまで生きてきて、父親以外にそんな男性はいなかった。

(ありがたいなあ)

美代子はまたまた観音様、仏様に感謝した。ある日、世田谷の地主の訴訟問題で、先生が弁護した地主側が勝訴した。

「それはよかったですねえ」

「うん、それで地主が喜んで、御礼に岡本の地所をくれるっていうんだ。うちの近所の土地なんだけれどね。僕のほうは百坪もらうことになっているんだが、きみにも分けてあげたいけれど、贈与になるんだよ。知り合いにも渡したいといったら、安く売るといっている。きみ、買えるか。もちろん、頭金を払って後は月賦でいいんだけどね」

それを聞いて不動産好きの美代子は、ちょっと興奮した。

「どのくらい売っていただけるのかしら。六十坪だとちょうど正方形になるから、それくらいだとうれしいわ」

「そうか。じゃ、話をしてみよう」

先生のほうから土地を渡されると、もちろん贈与にもなるし、奥さんのほうにもばれてしまう。それから美代子はやりくり算段をはじめた。黄金山のために建てた那須の別荘は、先生と一緒に何度か行き、運転好きの哲雄も車で出かけたりしていたけれども、維持するには手間もかかり、先生も蓼科《たてしな》に別荘を持っていたので、処分しても問題なかった。

地主のほうからいってきた価格は、二千万円に少し欠けるくらいで、頭金として一千万円が欲しいという。美代子はお座敷のお客さんに那須の別荘を買ってもらえないか声をかけてみたが、居抜きでといってもなかなかそこまで出せる人がいない。別荘が保養所になれば、会社から七百五十万円出せるといった社長さんがいて、那須まで見に行ってくれたが、普通の一戸建てで寮の造りにはなっていないので話は流れた。

そこで頭に浮かんだのが、長唄の稽古で一緒だった、おふね姐さんだった。彼女は著名な長唄師匠の世話になっていて、彼の息子たちも有名な俳優になっていた。美代子は事情を説明した。

「いくらで売るの」

「一千万円でどうかしら」

「わかったわ。お父さんに頼んでみるわ。いちおう、見さしてもらっていいかしら」

「どうぞ、どうぞ、存分に見てください」

美代子はこの話が決まりますようにと、願っていた。しばらくして別荘の様子を見に行った哲雄が、

「お母さん、鍵はちゃんとかかってたから、泥棒じゃないと思うんだけどね、大変なことになってた」

と報告した。サイドボードに入れておいた洋酒、日本酒、ビールなど合わせて二十本が、全部、空になり、米櫃《こめびつ》にも米が一粒も残っていないうえに、鍋までなくなっていたというのである。

「いったい、どうしたのかしら」

首をかしげていたら、稽古先で会ったおふね姐さんに、

「ごめんね、小美代ちゃん。あの子がね、二十人ぐらい引き連れて行っちゃったみたいなの。それでお酒を全部、飲んじゃったらしいのよ」

と謝られた。あの子というのは俳優の弟のほうである。

「どうも勘違いしたみたいで、うちですでに買ったもんだと思ったらしいの。『酒がいっぱいあったから、どんちゃん騒ぎをしてきたよ。使い勝手がよかったから、この鍋も持ってきた』なんていうのよ。本当に悪いことしちゃった。こうなったらあの子にも半分出させて、買わせてもらうわ」

「悪いわねえ。どうもありがとう」

美代子は思わずおふね姐さんの手を握って、心から礼をいった。

「で、小美代ちゃん」

「はい」

「あのさ、私にも口きき料を少しちょうだいよ」

「は？」

「これだけのお金を動かしたんだから、ちょっとくらい融通してくれない」

「はあ」

そういわれたら無下《むげ》に断るわけにもいかない。

（しっかりしてるなあ）

美代子は感心した。

「お父さんには一千万円っていって、その中からまわして」

「いくら欲しいの」

「五十万。絶対に内緒ね」

「五十万ねえ。それはそれでいいけど、じゃあ、売るとなると税金がかかるじゃない。申し訳ないけど、それはそちらで払ってもらえるかしら。こちらも一千万円欲しいっていわれてるの」

女同士の攻防戦は、お姐さんに五十万円支払って、美代子のところに来た税金を、払ってもらうということで決着が付いた。無事、別荘の代金一千万円をもらって、土地の頭金ができた。

ところが頭金はできたものの、美代子一人ではローンを組めないので、一流企業に就職していた哲雄と共同名義にして、土地家屋のローンを払いはじめた。岡本の家には美代子と哲雄が住み、先生は自宅と美代子の家を行ったり来たりする。美代子は浅草のお出先に行くのに、一時間以上かけて毎日通うはめになった。夜遅くまでいると帰りも大変だし、疲れるしで、

「もう、帰っちゃおう」

と九時か十時に切り上げて帰ってくるようにもなった。時代が変わってきて、お座敷でも三味線の伴奏よりも、カラオケが主流になってきた。みな小唄、端唄《はうた》よりも、マイクを持って歌謡曲を歌いたがるようになり、美代子のような三味線を弾く地方《じかた》の出番は少なくなってきていた。

引っ越した土地にも慣れなかった。静かな高級住宅地で大きな立派な家ばかりで、美代子が慣れ親しんだ下町の雰囲気では全くなかった。どの家も門を閉ざしていて、人を拒絶しているような気がする。隣の奥さんとたまに顔を合わせると、

「ごきげんよう」

と挨拶をされる。そんな挨拶に慣れていない美代子は、最初、きょとんとしてしまったくらいであった。浅草では、

「おっはよー」

「元気でやってるかい」

とざっくばらんそのものなのに、ここではどこかみなよそよそしい。

「あー、堅苦しい。こういうの、性に合わないのよね」

美代子は家に帰るとぐるぐると首を回した。下駄《げた》をつっかけて近所の八百屋や魚屋に行こうにも店がない。あったとしても妙に高級すぎて、

「そちらの奥様は、何になさいますか」

などといわれて背中がむずがゆい。鰯《いわし》の丸干しでさえ買いにくいのである。先生の奥さんが、

「鳥も通わぬ離れ小島」

といったのも十分にわかった。ここではおかずの煮物を作って、裏口から近所同士で

あげたりもらったりするなど、考えられなかった。だいたい用事があって訪ねていっても、お手伝いさんが出てくるので、奥さんがどういう人かもわからなかった。

美代子がお座敷に出かけるとき、たまたまばったり出会った隣のご主人が、

「いつも着物で素敵ですね。うちは人形町で呉服問屋をやっているので店に見に来てくださいよ」

と声をかけてきた。以前は粋筋の女性が着るような着物があったけれども、だんだん堅気《かたぎ》の奥様向けの無難な柄ばかりが多くなってしまい、美代子は呉服店に行っても興味を失っていた。

「素人さん向けのが多いんでしょう。あたしはこの仕事が長いもので、どうもああいうのが似合わなくて。お宅の奥様みたいな方でしたら、お似合いなんでしょうけど」

奥さんは小さな声で「ごきげんよう」と挨拶するのしか、聞いた記憶がない。

「いいえ、お座敷で着られるような物もたくさんありますから。それにうちのはすまして『ごきげんよう』なんていってますけどね、結婚前は飲み屋のねえちゃんだったんですから」

ご主人は笑いながら美代子に向かって手を挙げて、車で出かけていった。

なじむ人はなじむんだなあと、美代子はすっかり山の手風の雰囲気になっている奥さんの顔を思い出した。きっと奥さんは水商売をしていた過去を隠したいのだろう。高級

住宅地に住む奥様でいたいのだ。でも美代子は自分の仕事に誇りを持っているし、隠し立てをするような、お天道様に顔向けができないようなこともしていない。自信を持って堂々と仕事をしてきた。

「でも、そうじゃない人もいるのね」

彼女たちには人に触れられたくない過去があるに違いない。

「ま、あたしみたいに開けっぴろげっていうのも、ちょっと困っちゃうけどね」

ははは と笑っていると、先生が神妙な顔をしてやってきた。美代子はふだんと違う様子を察した。

「どうかなさいました」

「家がごたごたしはじめてねえ。女房に隠し事をするのも気がひけるから、ちょっとこの家のことを話したら、子供たちを巻き込んでの騒ぎになっちゃったんだ」

美代子はこそこそ隠れる気もないし、おおっぴらにする気もない。普通に自然に暮らしたいと考えているけれども、奥さんから見ればそう簡単に割り切れるものではないのだろう。ましてや相手は近くに住んでいるのだ。

「そうなんですか」

美代子はぽつりとつぶやいて、先生の背広についていた小さな糸くずを、何度も手で払った。

其ノ九 結婚式の巻

美代子はできるだけ本妻とは波風を立てたくなかったが、先生はまるで頓着《とんちやく》していなかった。電話が鳴ったので美代子が受話器を取ると、

「ああ、今、帰ったから」

と先生の声がする。

「帰ったって、どちらにですか」

「本宅だよ。じゃあ、またね」

と電話が切れる。そのたびに美代子は冷や汗が出た。何も本宅に帰ったからって、別

宅に電話などしなくていいではないか。連絡を取るのならば外から電話をしてくれればいいのに。先生がそんな態度をとっていたら、さぞかし奥さんも不愉快だろうと、美代子は気を揉《も》んだ。

「連絡を下さるのはうれしいんですけど、お宅からお電話なさるのは、おやめになったほうがよろしいんじゃないでしょうか」

「そうか。やっぱりいけないかなあ」

先生は頭を掻《か》いた。

「いくら昔はあたしと同業でも、今は先生の奥様なんですから。おまけに相手が目と鼻の先にいるとなったら。それは……」

「うーん。そうだなあ。この間もいい争いになってしまって」

奥さんが、自分は弁護士の妻で、芸者とは違うといったので、つい、

「きみだって元は芸者じゃないか」

といい返したら、喧嘩《けんか》になったのだという。美代子の知っている先生はとても穏やかで、怒っている顔を見た記憶がない。

「いらいらすると自分の損だよ。人相は変わってくるし。常に心豊かにして、にこやかにしていればそれが一番。女は特にそれが美しいんだよ」

常々口癖のようにいっている先生が、いい争うなんて、信じられなかった。

「自分だって商売に出てたのに、どうしてそんなことをいうんだろうか」

先生は真顔で首をかしげている。裁判より何より、奥さんに勝利するのがいちばん大変そうだった。

「だって前はともかく、今は弁護士の奥様っていうのは、その通りですもの。それは仕方ないじゃありませんか」

美代子は自分の立場が不安定であるのは百も承知だった。しかし本妻のほうは、いくら自分が法律的に保障されている立場であっても、何事もないような顔はしていられない。とうとう先方から電話がかかってきた。

「いつも恩田がお世話になっておりますようで」

皮肉たっぷりの口調だった。もっともだと美代子は、

「奥さん、あたしのことで不愉快な思いをされているのでしょうね」

と正直にいった。

「…………」

「あたしのほうは、ご近所に住んで奥さんに当てつけるとか、張り合おうなんていう気持ちは、これっぽっちもないんです」

「あら、そうですか」

受け答えがそっけない。

「本当です。奥さんは正妻で絶対に揺るぎない立場の方じゃありませんか。あたしなんか陰の身なんですから、もともと立場が違うんです。だからいつどうなるかわからない。もし奥さんがすぐに別れなさいといったら、先生と別れてもかまいません。あたしも他人様《ひとさま》のおうちをがたがたさせたくないんです。ただ奥さんもお体の具合があまりよくないってうかがってるし、焼き餅焼きみたいになっちゃって、頭に血が上ると体に障りますから、一度お目にかかって、ゆっくりお食事でもいかがですか」

しばらく相手は黙っていたが、

「それでは失礼します」

と電話は切れた。美代子は本妻の力がなく暗い声を聞いて、先生の家の雰囲気がすべてわかったような気がした。

それからしばらくして、

「また恩田はうかがっているんですか」

と不愉快そうな電話がかかってきた。

「奥さん、まだ一度もお会いしたことがないから、あたしのことをいろいろと想像していらっしゃるんだと思います。写真を見せていただいたら奥さんは素敵なおきれいな方じゃないですか。あたしは奥さんが思うほどの女じゃないんです。こういったら失礼かもしれないけど、先生もご年配だし、お互いにできるだけ先生に優しくしてさしあげたらどうでしょうか」

「はあ」

奥さんは気乗りのしない返事をして電話を切ったが、別れて欲しいとはいわれなかった。

それから何度も先生から、奥さんが「入院した」「退院した」と聞き、美代子は相変わらず岡本の自宅から浅草に出かけ、「お約束」のお座敷に出たり、置屋になった浅草の家で小唄の稽古《けいこ》をつけたりして、岡本と浅草を何往復もする日々を続けていた。

二人の関係は十二、三年になっていた。ある日、先生から、

「岡本の家を売ったんだよ。また女房が入院して、息子も結婚して家を出て、あの家を持てあますようになったから」

と聞かされた。奥さんがまた入院するという話は、本人から電話があって、美代子も聞いていた。

「私もこんな具合で、主人の世話が何もできないものだから、小美代ちゃん、お願いしますね。正直いって、これまでいろいろと嫉妬もしたけれど、結局はお父さんの面倒を見てくれる人は他にいないのよ。私は今は何とも思ってません。あなたみたいな人がいるから、安心して入院できるわ」

最後は美代子を小美代ちゃんと呼んでくれるようになっていた。

「ありがとうございます」

電話に向かって深々と頭を下げた。夫に女性ができて、不愉快に思わない妻はいないだろう。複雑な思いはあったにせよ、そういってくれる奥さんに美代子は心から感謝した。

奥さんから電話があったとは先生には何もいわず、本宅の問題については、美代子はあれこれ口を出す立場ではないと思い、黙って話を聞いていた。先生は引っ越し先の外国人用の原宿のマンションから、美代子の住んでいる岡本の家や、小唄の稽古をつけている浅草の家に通ってきた。美代子も浅草での用事があると、岡本まで帰るのがおっくうになってしまい、浅草の家に泊まることが多くなった。

「お手伝いさんがお総菜を作って、冷蔵庫にいれておいてくれるんだが、当たり前だけどみんな冷えているんだよ」

先生はぽつりとつぶやいた。奥さんが病弱であっても、これまで美代子の家に入り浸って、

「あれを作れ。これを食べたい」

などとは一切いわなかった。

「それは寂しいわねえ。ここに来て食べたらいいわ。そうしましょう」

美代子はこれが何かの節目という気がしてきた。先生が家を売ったからというのでは

なく、自分も岡本と浅草の家を移動するのが、時間的にも体力的にも無駄なように感じはじめていたからだった。浅草の家も建て直しをしたいし、哲雄も結婚をひかえていて、美代子を取り巻く環境も変化してきていたのである。そうとなったらすぐに哲雄と共同名義の岡本の家を売りに出した。するとそれを聞いた、隣人の呉服問屋の社長が、売って欲しいといってきた。見知らぬ相手ではないので、そのほうがいいかしらと思ったが、景気のいい時代で、買い値の何十倍もの価格がついていたのに、どんどん買い叩いてくる。

「ええっ、そんなに。それはひどいんじゃないでしょうか」

とすったもんだしたあげく、やっと二億四千万で落ち着いた。それで哲雄は新居を購入し、美代子は横浜に一棟売りのアパートを買い、浅草の家も建て直した。

美代子は先生のお世話になってから、一人でお風呂に入れたことはなかった。体を洗い、拭いてあげて、真新しい寝巻を着せかける。

「ああ、極楽、極楽」

新しい畳の匂いのする浅草の家の居間に、大の字になって先生はつぶやいた。

「きみと出会うまで、こんなふうにしたことなんかなかったんだよ」

「あら、お宅にいるときは？」

「ないない。こんなことができるような雰囲気じゃないんだ」

神経を遣う仕事をしているのに、家に帰っても心が安らぐ時はなかったんだろうなあと、あらためて気の毒になってきた。

夫婦同伴で出席しなくてはならないときは、美代子が一緒にいった。ところが先生の仕事が仕事だけに、授賞式や会合といっても、どこもみな堅苦しい。列席者の奥様方も、みなきっちりなさっていて、明らかに粋筋とわかる雰囲気の美代子は浮いていた。

「あの、先生」

美代子は隣にいる先生に小声でいった。

「はい」

「あのう、あたし、席をはずさなくてもいいですか」

「どうして」

「だって、他の奥様方はみなスーツにお帽子なんかおかぶりになって、ほら、あの方なんて端っこが上がった眼鏡なんかおかけになっていらっしゃるでしょう。みなさんインテリの方々ばかりじゃないですか。あたしだけこんな着物姿だし。こんな席にあたしなんかがいていいんでしょうか」

それを聞いた先生は、

「ふふっ」

と笑い、

「そのままでいいんですよ」

といってくれた。

「はあ、そうですか。それじゃあ」

美代子は何となく居づらい雰囲気を感じつつ、先生の隣でなるたけ体を縮めて座っていた。先生はいつも自分が浮いていると感じている美代子の心配をよそに、どこへいくにもうれしそうに美代子を連れていった。そして、

「きみはそのままでいいんですよ。そのままがいいんだから」

といってくれた。

入院前に電話をくれた奥さんは、闘病生活の末に亡くなった。美代子と先生が夫婦同然の仲になって、すでに二十四、五年になっていた。あのような電話をくれたのも、自分の体調を悟っていたからかしらと、美代子は会わずじまいになってしまった奥さんが気の毒になった。結婚生活の上では心が通わなかった妻でも、嫌いで一緒になったわけではないので、もちろん先生も肩を落としている。

「いろいろあったけれども、酒に逃げなくちゃならなくなって、かわいそうな人だったたねえ」

そうつぶやきながら、じっと床の間の墨絵の掛け軸を眺めたりする。

「そうですねえ。それなりに人にはいえないご苦労もされたでしょうし」

美代子はずっとそばにいて、先生の話し相手になろうとした。

「きみにも嫌な思いをさせて申し訳なかった。きちんとけじめをつけて、結婚するつもりだが、すまないが一年、喪に服させてくれないか」

先生は真顔で美代子の顔を見つめた。

「嫌な思いなんてしてません。一年だって二年だって、どうぞお気持ちが済むまで、奥様のご冥福を祈って差し上げてください」

美代子は先生と結婚したいなんて、一切、思っていなかった。奥さんに代わってお世話をしたい、ただそれだけだったのである。

一年後、誕生日を迎えて八十八歳になった先生から、入籍の申し出があった。

「そこまでしていただいて。ありがとうございます」

美代子は頭を下げた。

「資産は全部、子供たちに分け与えて、身ひとつでここで暮らしたいんだが、それでいいだろうか」

「どうぞどうぞ。何の遠慮もいりませんよ。ここが先生の家なんですから」

入籍すると決まると、先生は美代子を伴って宝石店に出かけた。

「指輪を買うんだけどね、どれがいいか自分で決めなさい」

美代子はショーケースの中できらめく石を真剣に見つめていたら、くらくらしてきた。

「何が欲しい」

「あたしはダイヤが好きだけど」

「そうか、前に買ったのはルビーだったね」

お世話になりはじめのころ、先生からどんな指輪が欲しいかと聞かれ、ルビーは女性を守ってくれる石なので、いくつになっても出かけるときにはめていると、身を守ってくれるらしいと話した。するとすぐに和光で買ってきてくれた。小さい、本当に小さいルビーがついた指輪だったが、美代子は出かけるときはお守りのように、その指輪をはめていたのだった。

「そんなに大きくて素敵なのは買えないから、ほどほどにね」

美代子はすでに一カラットとちょっとの指輪は持っていたので、それより大きなものが欲しかった。店員は、

「恩田先生がお買い上げになるんでしたら、サービスしておきます」

というものの、やはりダイヤは高い。どうしようかと悩んでいると、先生が三カラット半のものを買ってくれた。

「結婚指輪といったような、大げさなものじゃないけど、これが僕の気持ちだよ」

「うれしいわ。ありがとうございます」

ダイヤの指輪は美代子の指の上できらきらと輝いた。『金色夜叉』のお宮はダイヤモ

ンドに目がくらんでと、貫一《かんいち》に罵《ののし》られたんだったわねと、煮え切らなかった今市さんをふと思い出したりもした。

先生八十八歳、美代子六十八歳の入籍は、二人の間でどんどん盛り上がり、ついに結婚披露宴の話まで出た。

「この歳で結婚式をやる人なんていないね」

「いませんよ」

「じゃあ、面白いからやろうか」

先生のほうが結婚式に積極的だった。

「こんな歳で他人様をお呼びする結婚式ができるなんて。ありがたいわ」

「僕のほうだってはじめてだよ。最初の結婚だって、身内だけで済ませたんだから」

しばらく二人は向かい合って黙っていたが、突然、先生がぽろぽろと涙をこぼした。

「よく承知してくれたね。ありがとう。僕は人生の最後に、ようやく本当の女性に恵まれたよ」

「あたしが絶対にお父さんを最後まで面倒見ますから。何があっても守りますからね」

美代子はこれまで先生といっていたのに、思わず「お父さん」と口走ったことに、我ながら驚いた。先生は涙していたが、これまた突然、きりっと表情を引き締めて、

「そうだ、結婚については双方の子供たちにも相談をして、了承してもらわなければ」

といいはじめたので、こういうときにも弁護士としての職務を忘れないのが、美代子にはおかしかった。美江や哲雄をはじめ、双方の子供たちも大賛成して、どうせなら盛大にやったほうがいいと、場所は帝国ホテルになった。

二人はホテルの結婚式場に出向いた。

「あのう、結婚式なんですけれど」

美代子が口を開くと、生まれたときから笑顔ですといったふうの男性の担当者が、

「お孫さんですか。それはおめでとうございます」

と満面の笑みを浮かべた。

「いえ、あの、そうではなくて」

「失礼しました。お子さまでいらっしゃいましたか」

「いや、あの、実は、あたしたち、あの、この二人なんですけど」

担当者はしばらく美代子の顔を見てきょとんとしていたが、やっと事情を理解して、

「あ、こちらのお二人? ああ、そうでございましたか。それは大変、失礼申し上げまして。はあ、もう、これは何とお詫び申し上げたらよいやら」

としどろもどろになった。

「本当におめでとうございます。ご新郎はおいくつで、ほう、八十八歳、失礼ですがご新婦は、はあ六十八歳。私どもでも金婚式、銀婚式のお祝いはございますが、結婚式は

はじめてでございますよ。これはおめでたい。ギネスものですねえ」

と感心している。

「あ、はあ、恐れ入ります」

二人は気恥ずかしくて、体が縮んでいく思いだった。恐縮する二人と反対に、担当者は、

「素晴らしいですねえ」

とやたらと張り切っている。

日にちは六曜とは関係なく、十一月十四日に決めた。式の段取りは張り切った担当者のアイディアにほぼ従い、招待客などへの案内は先生の息子さんが、煩雑な用事も子供たちが手分けをして、すべて引き受けてくれた。ホテル側から渡された式次第案を眺めていると、担当者が、

「キャンドルサービスなのですが、もしも会場を回られている間に、おみ足が疲れてはいけませんから、うちのほうの給仕係やコックがペンライトを手に持ちまして、照明を暗くしてそれを振らせていただくというのはいかがでしょうか」

と提案してくれた。

「ああ、そうしてもらえると助かるわ。こんな広いところを歩いて回ったんじゃ、こっちもお父さんもくたびれちゃうからね」

かつてない結婚式のために、担当者も知恵を絞っている。

いちおう新婚の二人ではあるが、実生活は長年連れ添った夫婦そのものだった。

「あたしは一度、お色直しがあるんだけど、お父さんはどうする？」

「いや、僕はしない」

「そう。そうなったら中座できるときがないわねえ」

美代子は先生のトイレを心配していた。とにかく新郎は八十八歳なのである。「我慢してくださいよ」ともいいづらいし、どうしたもんかと考えたあげく、美代子はパンツ型の大人用のおむつを買ってきた。日常生活は何の問題もなく過ごしているのに、こんなものを見せたら、プライドを傷つけるかもしれないと心配しつつ、

「お父さん、式のときにこれを穿《は》いたらどうかしら」

といってみた。

「ふんふん」

先生はおむつを手に興味津々《しんしん》である。

「これだったら漏らしちゃっても大丈夫なのよ」

「ああそうか。それはいいね。そうさせてもらえれば、僕も安心だ。実はね、ふだんでもお手洗いが済んだ後でも、またなんかちょっと、あるんだよ」

「いくら健康だって、そういうのは仕方がないよ」

「これはしても感じがわかんないのかね」

「自分で濡れた感じっていうのは、全然、わからないらしいよ。だから家へ帰ったら普通のパンツに穿き替えればいいじゃない。これからも出かける用事があって、いつトイレに行けるかわからないときは、これを穿いたほうがいいよ」

美代子が勧めると、先生は嫌がりもせず、

「あいよ」

とおむつ装着を快諾した。

「お母ちゃんのいうことは、よく聞かなきゃね」

先生はにこにこ笑っていた。美代子はその顔を見て、これまで先生は家庭でこんな会話なんかしたことがなかったんだなあと思った。

招待客等の打ち合わせで、はじめて先生の子供たちに会ったが、どの人も先生がいっていた通り、立派な人々ばかりだった。しかし親と子というよりも先生と生徒といった感じがしてならなかった。美代子が育った下町だと、父ちゃんは狭い家の中で子供を抱き上げて、ぐるぐる回って、自分も目が回って子供もろとも畳の上にぶっ倒れたり、

「たかい、たかい、たかーい」

と持ち上げたはいいが、その拍子に子供の頭が鴨居に大当たりして大騒動になったものだった。いってみれば日々大騒動の連続だったのだが、そんな気配はみじんも感じら

れない父と子だった。あまりにきちんとしすぎていて、美代子は、

（これが下町と違う、山の手風なのかしら）

と思った。先生の子供たちは、

「あとは僕たちにまかせて、体に気をつけていてください」

といってくれた。美江も、

「のんびりしていればいいのよ。あっという間に結婚式の当日になるから」

という。そんなものかしらと思っていたら、本当にあっという間に半年がすぎて式当日になった。

先生と美代子が式場に出向くと、式服の着付けをするからと、わらわらと担当の女性たちが集まってきた。先生への着付けかと思ったら、美代子に着物を着せてくれようとするのだが、ずっと着物を着慣れている立場からすると、とんちんかんな位置に紐を当て、おまけにぐいぐいと締め上げようとするので、どうも具合が悪い。

「あの、申し訳ないんですが、あたし、ずっと着物で仕事をしておりましたもので、自分で着られますから、放っておいていただけますか」

美代子が手際よく着替えたのを見て、

「まあ、お一人できれいに着られるものですねえ」

と彼女たちは目を丸くした。

（当たり前じゃないの。何十年着物を着続けてると思ってるんだ）

と心の中でいいつつ、美代子は先生の支度がどうなっているか心配になった。黒紋付に袴姿《はかますがた》の先生は、ますます男っぷりが上がっていた。

「素敵じゃないの。お父さん」

「そうかい」

こっそりおむつを装着している先生も、鏡を見ながらうれしそうにしていた。

結婚については仲人はいないので、双方で立会人を立てた。先生のほうは最高裁の裁判官。美代子のほうは人間国宝の藤間《ふじま》流の大師匠である。

「会場が大騒ぎになっているようです」

ホテルの人が話しているのが耳に入った。

「何かあったんですか」

心配になって美代子がたずねると、

「いいえ、いろいろなお客様が見えるので、他のお客様が『ここはいったい、何の会ですか』ってのぞいているんですよ」

と笑っている。先生の知り合いの堅い職業の方々、政治家、大病院の院長先生。世間に顔が知られている人も多い。それにお坊さんもいる。一方、美代子の知り合いは神主さん、今は小唄の会の役員をやっている元芸者衆の粋筋の方々。また美江がお祝いの踊りを踊ってくれるというので、鬘《かつら》をつけた着物姿で出入りしていた。たまたま居合わせた他の利用客は、坊さんは来る、神主さんは来る、テレビで見た政治家は来る、おまけに日本髪の粋筋の女性までやって来たので、七五三のお祝いの子供たちまで巻き込んで、見物の人だかりができているというのだった。先生と美代子は顔を見合わせて、ぷっと噴き出した。

「それはそうよね。いったい何かと思うわねえ」

担当者に促されて入場のために入り口で待っていると、背後にいる見物人が、

「結婚式らしいですね。いろんな人が来てましたねえ。お嫁さんはどちら？　ああ、あの方。お婿《むこ》さんは？　えっ、あの頭がつるつるの。はー、お婿さんのおじいさんじゃなくて？　へー、それでお嫁さんがあちら。はあー」

といっているのが聞こえた。二人は噴き出しそうになるのをこらえ、入場の時を待った。

「お待たせいたしました」

登場したのは白装束で正装の神主さんだった。彼の後ろには巫女《みこ》さん二人が控えている。

（こりゃ、大事《おおごと》だ）

美代子も詳細は知らないのである。ドアが開いたとたん、

「ぴょわー」

と甲高い音が会場に鳴り響いた。雅楽の笙《しょう》を吹く人まで呼んでいた。

（あらあら）

驚いているうちに金屛風の前に案内され、二人は並んで座った。

（まあ、本当にきっちり分かれてる）

双方の招待客の違いがはっきりわかって、美代子はまた笑いそうになった。司会者の二人の経歴紹介の後、何も知らされていない事態が起こった。

「ホテルからのお祝いとして、お二人にウエディングケーキの入刀式をしていただくことになりました。お写真を撮影なさる方はどうぞ前のほうにいらしてください」

「えっ、入刀式。知らなかったわ。どうしましょ」

小声で美代子がささやくと、先生は無言で笑っている。そこへ運ばれてきたのは、見たこともないような、立派なウエディングケーキだった。

「すごいわねえ」

と驚いていると、係の人が、

「ここだけカステラになっておりますので、この部分にナイフをお入れください」

と指し示した。そういわれてもその部分の幅がとても狭い。

「あら、ここへ」

美代子はまじまじと、切れといわれたところを見つめた。ところが渡されたナイフが、長さが六十センチほどもあって、二人でも持ち上げられないくらいに重い。美代子はもともと右手が少し不自由だし、新郎は八十八歳である。

「お父さん、これ持つんだってさ」

「こりゃ重いねえ」

二人は長くて重いナイフをどう扱っていいかわからずに持てあましていたが、周囲はそんな二人の焦りに関係なく、シャッターチャンスを狙って異常に盛り上がっていた。

「ここを切るんだって」

「ああそう、わかった」

そうはいっても持ち上げるのでさえひと苦労なのである。

「お二人のはじめての共同作業です！」

司会はどんどん雰囲気を盛り上げる。

「じゃ、お父さん」

「うん」

二人は満身の力でナイフを持ち上げた。ところが重さによろめいてのけぞりそうになったのを、美代子が下腹に力をいれてふんばったとたん、腕の力が抜け、ナイフの重さに負けてそのまま振り下ろしてしまった。

「ガッ」

鈍い音がした。ナイフがウエディングケーキの張りぼての枠の木材部分に食い込んでしまったのであった。二人はあわててナイフを持ち上げ、なんとか食い込んだ部分からはずしたものの、またよろめいて別のところにぶつかった。

「わあっ」

ケーキがぐらぐら揺れはじめ、それを見て係の人が手を貸してくれて、やっとカステラ部分にナイフを入刀し終わり、二人は汗だくになって着席した。

祝辞、乾杯、食事のフルコースも終わり、美代子は頃合いを見計らって先生に声をかけた。

「お父さん、おしっこ大丈夫」

「うん、大丈夫だよ」

「そう、それならよかった」

それを見た司会者は、

「皆様、ご覧下さい。新郎新婦がにこやかに仲睦まじくお話しされております。素晴らしいですねえ」

とまた盛り上げようとする。

(何が素晴らしいもんですか。おむつの話をしてたっていうのに)

美代子は腹の中でそういいながら、にこっと笑った。

余興のしょっぱなは蝶々の飾りをつけた、さっきの二人の巫女の踊りだった。

「ふーん、おめでたい踊りねえ」

あまり見られるものでもないので、楽しみに見ていたが、面白くも何ともなく、おまけに十分たっても十五分たっても終わらない。

(長いわ)

美代子はすでに飽きていた。いい加減にうんざりしていると、やっと踊りは終わった。

(あ、終わった、終わった)

ほっとして美代子は大きな拍手をした。美江もおめでたい「鶴亀」を踊ってくれた。こちらのほうはプロで踊りも上手だし、長さもほどほどなので見ていて楽しい。

「よかった、よかった」

新郎新婦も大満足だった。

その夜はホテル側がいちばんいい部屋を用意してくれた。

「若夫婦なら初夜もそれなりにそれなりだけど、お父さんとあたしじゃあねえ」

美代子がつぶやくと、先生は、

「あはは」

と笑っている。通された部屋はものすごく広かった。

「見て、お父さん。お便所が三つもあるわ。まあ、何でかしら。奥の和式とお風呂の横の洋式のはいいわよ。その隣の蓋もお尻をのっけるところもないお便所は何かしら。邪魔くさいわ、これ。そうか、あたしたちが歳とってるから、お便所の多い部屋にしてくれたのかもしれないわね。それにしてもこのお風呂、大きすぎるわ。外人さん用なのね、きっと。下手に入ると滑って溺れて死んじゃうかもしれない。やっぱりあたしたちは体がごしごし洗える、洗い場が欲しいわ」

美代子が報告するのを、ベッドに座りながら先生はにこにこして聞いていた。

「こんな立派なお部屋なのに、テレビがないのねえ」

部屋を見渡すと、ベッドのところにずらっとボタンが並んでいた。

「ちょっと押してみようか」

試しに手近のボタンを押すと、ぐいーんと音がして、壁の観音開きの扉が開いて、さささーっとテレビが出てきた。

「おおっ」

二人は同時に声をあげた。

「へえ、こんなふうになってるの。じゃ、こっちを押してみよう」

するとまるで「失礼しましたーっ」といっているかのように、テレビはもとの扉の中にしゅーっと戻っていく。へえと感心しながら、

「ちょっと夜景でも見てみようか」

とカーテンを開けようとしても、三重になっているうえに、手では開けられない。これもまたボタン操作になっているらしいが、押してみるとミニキッチンの扉が開いたり、またテレビが姿を現したりで、美代子はわけがわからなくなった。

「お父さん、お茶でも飲む？　ここ、ここのボタンを押すと、あそこの扉が開くのよ」

美代子は忘れないようにミニキッチンのボタンの上に指を置いたままにした。

「いや、いらない」

「そう。こういうのって不便ねえ。嫌だ、こんな不便なの。早くうちに帰りたいねえ」

「うん、帰りたい」

二人は何度も「早くうちに帰りたい」といいながら、ホテルの居心地の悪い豪華な部屋で、それなりに幸せなぼやきの新婚初夜を過ごしたのであった。

其ノ十　介護の日々の巻

高級ホテルから逃げるように帰ってきた新婚の二人は、浅草の家で、

「やっぱり家がいちばんだね」

と番茶を啜《すす》った。美代子は結婚式に皆さんをお招きして、これで天下晴れて夫と妻になれたと、すっきりした思いであった。荷物を整理していると、簞笥《たんす》の引き出しから小さな色紙が出てきた。

「幸せに米寿迎えし五月かな」

と先生の文字で書いてあり、落款《らっかん》も押してある。

「お父さん、これ、どうしたの」

「いや、誕生日の気持ちをね、ちょっと書いてみただけだ」

「もったいないわ。こんなにきれいに書いてあるから飾りましょうよ」

「そんなことしなくていいよ。きみの家には立派なお軸やきれいな飾り物がたくさんあるのだから、それを飾りなさい」

あまりに先生が固辞するので、美代子はその色紙を和紙で丁寧にくるんで箱にいれた。

結婚式から二週間ほど経って哲雄がやってきた。

「結婚式までしたんだからさ、新婚旅行も行くんでしょ」

「旅行って、あんた、若い二人じゃあるまいし」

「式と旅行はセットでしょうよ。ねえ」

「うん、そうね」

哲雄が先生に水を向けると、
とまんざらでもなさそうだ。そうはいっても、二人の年齢を考えると、はい、そうですかと気軽に出かけるわけにはいかないのだ。

「電車に乗って泊まりに行くのはねえ……」

美代子がいい淀むと、哲雄が、

「有給休暇を取って、車で連れていってあげるよ」

という。

「そうかい、そうしてくれると安心だけど」

「うん、じゃあ、そうしよう」

哲雄は詳細は連絡するといって、帰っていった。

「本当に親孝行な息子さんだ。ありがたいねえ」

先生はしみじみとつぶやいた。
二、三日して新婚夫婦の「三泊四日修善寺の旅」が決まった。哲雄が休みをとって同行してくれるので心強い。車の中で、
「あたしって、昔っから子連れなのね」

というと、哲雄が大笑いした。

「お座敷のお客さんと御飯食べに一緒に行ったね」

「そうだよ、あんたはおんぶをしてもらったうえに、おもちゃまで買ってもらって。それもどっちがいいって聞かれて、高いほうを選んでさ」

「船と自動車っていわれて、好きなもんだから自動車っていっちゃったんだよね」

二人が思い出話に花を咲かせているのを、先生は笑いながら聞いていた。現地に到着すると、哲雄は、

「新婚旅行の記念写真を撮らないとね」

とカメラマンに変身した。

「どうせ撮るなら美人に撮ってよ」

「できる限りは尽くしますが……」

「あら、まあ」

母子のやりとりを聞いていた先生は、

「きみはどこから撮られても、素敵でかわいいですよ」

と小声でいった。

「それはそれは、おそれいります」

ホテルで結婚式をあげた最高齢カップルであっても、新婚夫婦は初々しいのであった。

先生と哲雄はその晩、旅館で酒を飲みながら話が弾んでいた。下戸《げこ》の美代子が相手だったら、先生も面白味がなかっただろうと、哲雄に感謝した。夜が更けて哲雄が、

「ぼくはこっちの部屋で寝るから」

とおまけについているような部屋に移動しようとするのを見た美代子は、

「こっちで一緒に寝ればいいじゃない」

と誘った。

「そうですよ。こっちにいらっしゃいよ」

先生にも手招きされて、三人は枕を並べた。

「邪魔しているみたいだなあ」

「何いってんの、ばかだねえ」

みんなで天井を見ながらくすくす笑っているうちに、いつの間にか眠ってしまった。

翌日からは十国峠《じっこくとうげ》で写真を撮り、おいしい鮎《あゆ》の甘露煮《かんろに》を食べ、新婚夫婦は満足して家に帰った。

美代子は昔から、子供の前でも髪を梳《す》いて下ろしたままの姿を見せた覚えがない。もちろん先生と結婚してからも、それは同じだった。先生よりも早く起きて、シャワーを浴びて髪を結い化粧をするのが日課である。結婚したから身の回りなんかどうでもいいやという気持ちは一切ない。結婚したからこそ、先生のためにいつまでも身ぎれいにしておこうと心に決めていた。美代子の周囲でも若い頃は目を惹《ひ》く美人だったのに、結婚して何年も経ち、歳を取っていくうちに、ぼろぼろになっていく人が何人もいた。全くかまわないか、かまいすぎてものすごい厚化粧になっているか両極端であった。彼女たちを見て、派手ではなく感じよく、毎日身だしなみを整えるのを自分に課していた。

そういう美代子を見て先生は、

「いつもかわいいね」

と褒めてくれ、事あるごとに、

「僕のような幸せ者はいないなあ」

ともいった。そのたびに美代子はくすぐったくなったが、この年齢になってお互いに、巡り会うべき人に巡り会ったような思いがした。最初の結婚では、立派な子供を二人授かったけれども、夫との関係を保つのはなかなか難しかった。その後お世話になった社長は嫉妬深くてケチだったし、心が安まるような日々はなかった。穏やかな気持ちを取り戻せたのは先生のおかげで、美代子のほうも安らぎを得て感謝したい気持ちでいっぱいだった。

小唄の師匠の仕事が主になった美代子のところには、近所の水飴問屋の旦那さんや、落語家や社長の奥様方が習いにやってきて盛況だった。

「ぼくももうちょっと熱心にお稽古《けいこ》しないといけないねえ」

仕事から帰ってひと息つくと、短い時間でも小唄をさらうのが先生の日課になった。特にお気に入りなのは「竹は八幡《やはた》」で、唄の最後の、

「二人が仲は二世も三世も変りゃせぬ」

という文句を唄い終わるといつもにっこりした。

穏やかな生活が四年ほど過ぎたとき、彼岸のお中日に、先生の世田谷の菩提寺にお参りにいった。

「変だな。体がふらふらする」

先生がつぶやいた。

「それじゃ、すぐに家に帰りましょうよ」

「いや、これから弁護士会で会議があるから、そこに寄ってから帰るよ」

「そうですか、無理しないようにしてくださいよ」

「あいよ」

その日は会議に出席して、問題なく家に戻ってそのまま休んだ。明け方、美代子は先生に名前を呼ばれて目が覚めた。

「ごめんよ。夜中に起きようと思ったら、起きづらくなってね、粗相しちゃったんだよ」

結婚式のときも、おむつをしたくらいなので、美代子は特別驚かずに、

「ああそうなの。心配だったら病院で診てもらいましょうか」

と答えた。病院に連れていくと検査入院を勧められた。いくら元気で仕事を続けているといっても、九十歳を過ぎているし、やはり体がいちばん気になる。心配しながら結果を待っている美代子に知らされたのは「脳梗塞」という診断だった。

「このまま入院していたほうがいいでしょ。ねっ」

医者は機械的な口調で、美代子に聞いた。

「お医者様がそのようにおっしゃるのなら」

検査や治療が必要なのだろう。

「お父さん、病気がよくなるまで入院していなくちゃならないんだって。毎日ここに来るから、少しの間、我慢してね」

そういうと先生は、黙ったままとても悲しそうな表情になった。

「大丈夫、毎日来るからね」

「うん、頼むね」

先生の声には力がなかった。ついこの間まで仕事をしていたのに、急に入院といわれて気落ちしているのが目に見えてわかった。

「じゃあ、また明日ね」

つとめて明るく美代子はいって、ぎゅっと手を握って帰ってきた。

翌日、少しでもみんなから励ましてもらって、元気になって欲しいと考えた美代子は、本妻の子供たちはもちろん、外にできた子供にも来てもらおうと考えた。連絡先をたずねると、先生は手帳に書いてある息子の勤務先の電話番号を教えてくれたので、美代子は、

「恩田が入院いたしました」

と事実だけを伝えた。翌日、美代子が病室に行くと、

「これ」

と先生が白い封筒を美代子に渡した。十万円と手紙が入っている。どうしても仕事が

入っていてすぐにお見舞いに行けず、代理の者に手紙を持たせたので、何かおいしいものでも召し上がってくださいと書いてあった。

「ありがたいわねえ。息子さん、立派になられたのねえ」

美代子が感心していると、

「ああ、会社を経営しているらしい」

とうれしそうだった。交際範囲が広いので、見舞い客もひっきりなしに訪れ、弁護士事務所からは、意見を伺いに毎日、人が来た。そのたびに先生は相手をしていたが、体調が悪化して、あれよあれよという間に口がきけなくなった。

「大丈夫なんですか」

美代子が心配になって医者にたずねると、

「脳梗塞だからね」

とそっけない。

(それを治すのが医者じゃないか。何だその態度は)

先生が口に出すのは、

「あうあう」

という音だけになってしまった。あれだけ裁判所に響き渡るような声で、朗々と弁護していた姿が嘘のような変わりようだった。美代子は白い紙にフェルトペンでイロハ四十八文字を書いて、病室に持っていった。

「喋《しゃべ》る練習をしようね。イロハの『イ』」

美代子は手書きの「イ」の字を指さした。

「うー」

先生は「イ」といっているつもりでも、口から出るのは力のないうなり声のようなものだ。

「そうだね、じゃあこれは『ロ』」

「うー」

イもロもハも全部同じ。美代子は涙が出そうになったが、

(先生がこのままなわけがない。絶対に元に戻してみせるから)

そう決意しているのに、やってきた看護婦は、二人の姿を一瞥《いちべつ》して、ひとこともいわず無表情で部屋を出ていった。

(患者と家族ががんばっているのに、あの態度はないだろう)

美代子は病院に不信感を持った。病院に行くたびに先生は悲しそうな顔になっていく。看護婦の下《しも》の始末の仕方はおざなりのひどいもので、美代子は憤慨した。先生もこんな扱いをされて、さぞや不愉快な思いをしているだろう。病状が落ち着いて今度はリハビリをしはじめたのはいいが、リハビリ中におもらしをしてしまうのが、ますます本人を

気落ちさせた。このまま病院にいたら先生がだめになると決心した美代子は、

「お父さん、こんなとこにいたくないよね。うちに帰りたいよね。帰ろうね」

というと、先生は何度もうなずく。

「わかった。安心して」

九月に入院してから二か月で退院させた。

「あ、そうですか。お宅でね。ふーん、大変ですよ」

最後の最後まで医者からは患者に対する心のこもった言葉は聞かれなかった。いいたい文句は山のようにあったが、こんな人たちにいってもしょうがないと、さっさと手続きをして先生を連れ帰った。

何かあったときのために近所の開業医に事情を話しておき、それから家で介護の日々がはじまった。とにかく口がきけないのが不自由だろうと、言葉の訓練をはじめた。

「小唄を唄うのがいちばんいいと思うよ」

美代子はベッドで寝ている先生の横で三味線を弾き、かつてお稽古した小唄を一緒に何度も唄った。相変わらず先生は、

「うーうー」

としかいえない。

「ちゃんと声が出てるからね、大丈夫よ。この調子でやっていこうね」

めげさせないように、とにかく褒めながら練習をした。すると最初は「あー」「うー」だったのが、何日か経つうちに、鮮明ではないけれども言葉として発音しているのがわかるようになってきた。

「うまいねえ。その調子、その調子」

先生の回復力はめざましかった。もちろん完璧に治ったわけではなく、喋っているうちに麻痺が残る側のくちびるから、よだれが垂れたりしたけれども、発している言葉がわかるようになったのは、大きな進歩だった。好きな「竹は八幡」を唄い、

「二人が仲は二世も三世も変りゃせぬ」

の件《くだり》になると、以前は笑っていたのに、今はぽろぽろと涙をこぼすようになった。

「唄のとおり、あたしたちも同じだよ」

いくら拭いてあげても、いつまでも涙は流れ続けた。

「来年の夏におさらい会があるから、お父さんも一緒に出ようよ」

すると先生は、唄えるかどうかわからないと尻込みをする。

「わかんなくてもいいよ。一緒に来てみんなを応援してよ」

美代子は小唄の会や、小唄振りの家元になった美江の踊りの会にも、先生を車椅子に乗せて連れていった。幸い畳敷きの会場が多く、先生が疲れて寝たいといえば、座布団を並べてしばらく寝かせ、起きたいといえばその通りにしてあげた。会食を伴う席に行

くときは、すべて食べられないのはわかっていても、一人分の食事を注文した。子供ではないのだから、先生に対して自分の料理の一部を皿に取り分けて食べさせるなんて、美代子はできなかった。

家で寝たきりにさせず、車椅子に乗せて外出して、人々と接触させたせいか、まもなく先生が何をいっているかがわかるようになり、ほぼ元に戻った。しかし体は思うようにならず、美代子にとっては負担のある毎日には変わりがなかった。

小用はおむつで済ませても、大きいほうはトイレでさせてやりたい。それがひと苦労だった。九十二歳といっても先生は男性であるし、いくら大柄といっても美代子も七十二歳である。もちろん大変なときは美江が手伝ってくれたが、彼女も学校や落語家さんたちに踊りを教える仕事で外出する用事も多い。トイレに行きたいといわれると、まずベッドから車椅子に移動させて、トイレまで連れていき、そこから便座に座らせるのだが、美代子も右手が多少不自由なので重心が取りにくく、先生も体が意のままにならないとあって、トイレに行くたびに壁におでこをぶつけた。美代子は早速、壁のその場所に着物のはぎれで小さな布団をこしらえて釘で打ち付け、ぶつかっても痛くないようにした。

やっと座らせてほっとする間もなく、次は排便である。自力で排泄できないので美代子がゴム手袋をして指で掻《か》き出《だ》す。後ろはシャワーで洗い、前は押すと水が出るボトルにお湯をいれて洗った。下半身を拭くのも紙を使っていたのでは間に合わないので、古い浴衣や手ぬぐいをためておいて使い捨てにする。仕上げは天花粉《てんかふん》である。これが日に何度も繰り返される。

「ああ、さっぱりしたよ」

ベッドに戻った先生は、うれしそうな顔をした。

「そりゃよかったね。遠慮なくお手洗いに行きたいときはいってね」

「ありがとう」

先生はじっと美代子の目を見つめた。

「観音様」

「えっ」

「美代子は観音様だよ、美代子観音だ」

「あら、まあ、どうしましょ。あたしがそうだったら、お父さんはお不動様かしらねえ」

先生に喜んでもらうのはうれしかったが、実際、美代子にとっては疲労困憊《こんぱい》の日々だった。お弟子さんへのお稽古も一日も休まずに続けていたし、小唄の会で三味線を頼まれ、聞き覚えのない曲であったらテープから音を取り、知っている曲であってもさらわなくてはならない。毎晩、熟睡できない先生に、三時間おきに起こされるので、自分もへとへとなのに熟睡できないのがいちばん辛かった。睡眠不足のまま朝起きて、美江が買ってくれた大きな姿見に顔を映すと、眉間に八の字の皺《しわ》が寄っていた。

「ああ、いやだ、こんな顔」

見ているだけで辛くなる。ぽろりと涙も出てきた。こんな顔を見ていたら出るのは涙とため息しかない。美代子は姿勢を正し、大きく深呼吸をして鏡に向かってにこっと笑ってみた。

「嫌だと思うから嫌になるのね。お父さんがいちばん辛いはずなのに、愚痴ひとつこぼさない。自分がしたことであんなに人が喜んでいるなんてありがたい。してあげられる自分も褒めてやらなくちゃ。よくやって立派ですよって」

美代子は以前、先生から聞いた言葉を思い出した。

「暮らすなら上を見るより下見て暮らせ。下を通るは宝船」

いつも上、上といっていてもそうはいかない。辛いときは下を見てもいい。ただ下を見て嘆いているだけではいけない。橋の下にも宝船が通るのを見ろというのである。すると気が楽になって、明るい気持ちになった。

朝起きて薄化粧をして、

「おはよーう」

と挨拶《あいさつ》をして先生の顔をのぞきこんで、ほっぺたにキスをする。

「おはよう、きれいだねえ」

にっこり笑ってそういってくれる。

「きれいにしないと、お父さんに嫌われちゃうからね」

「嫌わないよ」

「嫌いになっちゃ嫌よ」

介護をしているために、自分がみすぼらしくなったり暗い顔をしたら、先生がいちばん心を痛めるだろうと、美代子は彼が元気なころよりももっと気を遣うようになった。区から派遣される入浴サービスにはとても助けられた。家の狭い風呂で入浴させるのは、大変なのである。体を洗うのを手伝い、

「よかったね。気持ちがいいね」

とそばについてずっと声をかけていると、係の人が、

「奥さん、よくおやりになりますねえ」

と感心している。

「あら、そうですか」

「いろいろなお宅を回りますけどね、こんなふうにやっている人は少ないんですよ。たいがい奥さんが、お父さんはどうのこうのって、愚痴ばかりいってね。こんなふうになるんだったら、この人と結婚するんじゃなかったなんていう人もいますから」

介護している人は、ふだん鬱積《うっせき》したものが、そんなときに噴出するのだろう。でもそれを聞いた介護される人はどういう気持ちがするだろうかと、美代子は複雑な思いがした。

先生の頭はしっかりしていた。美代子は心にひっかかっていたことをたずねた。

「息子さんとは連絡がとれたけど、事務員さんはお元気なの」

「元気だよ」

「それだったら、会わせてあげたいわねえ」

先生は無言で、会話はそこで途切れた。きっと遠慮をしている。会いたいに違いないと、美代子は預かっている手帳や住所録を調べて電話をかけてみた。

「恩田の家内でございますが、もしかしたら息子さんからお聞き及びかもしれませんが、病院を退院しまして、うちにおりますのでよろしかったら会いに来てやってもらえませんでしょうか」

「まあ、奥さんからそういわれるなんて、夢にも思っていませんでした。実はあなた様が先生と結婚なさったのは存じております」

その女性はとても明るい声だった。

「えっ、そうなんですか」

「何年前でしたか、今度、こういう人と結婚すると、食事をしながら聞きました」

先生は結婚前に、ちゃんと彼女と連絡をとっていたのである。
二、三日して家にやってきた彼女は、声の印象のとおりに明るくて感じのいいご婦人だった。
「こんなこといっちゃ失礼ですけどね、前の奥さんっていうのは、もう邪険で邪険で。私だけならともかく、親までもぼろくそに罵《ののし》られたんですよ。何かあると事務所に乗り込んできて、大騒ぎだったんですから」

「でも奥様は亡くなられたし、あなたはあんなに立派な息子さんをお産みになって、元気でいらっしゃるんだから」

「そうですね。私も八十五歳になりました」

とてもそんな年齢に見えないので、美代子はびっくりしつつ、先生が寝ている上の階の部屋に案内した。かつてはいわゆる不倫関係で子供までもうけたが、今は九十二歳と八十五歳の、いってみればおじいちゃんとおばあちゃんである。二人きりでしたい話もあるだろうと、美代子は居間で待っていた。

小一時間で彼女は、

「思っていたよりもお元気で安心しました。どうぞよろしくお願いいたします」

と丁寧に頭を下げて帰っていった。先生は仰天したのか、

「ああ驚いた。あのね、どうして……」

としどろもどろになっている。

「いいじゃないの。お父さんと関わりがあった方なんだから」

「それはありがたいけど、それにしても」

「お父さんもあたしも結婚相手では散々苦労したんだもの。このくらいは許し合ったって別にいいんじゃない」

美代子の言葉には返事をせず、先生はいつまでも、「驚いた」を連発していた。

言葉が蘇った一方で、先生は子供に戻っていった。夜中に起こされる回数も頻繁になった。

「今ちょうど三時だからね。あたしも寝るだけ寝ないと、明日、体が持たないからね」

そうなだめても、先生のほうはあれやこれやと話しかけてくる。すると美代子は先生のベッドに移り、

「あたしは先生のお母さんになるから、寝てちょうだいね」

子供に添い寝するようにして、先生の話を聞きながら、背中をずっとさすった。そのうち寝息が聞こえてくる。

「ああ、やっと寝てくれた」

ほっとして美代子も寝るのであった。先生が家に戻ってきてから、緊急のときの連絡のために、ベッドの枕元にブザーを設置したのが、このごろは頻繁に鳴らされる。お稽

古中、

「ごめんなさいね」

と弟子に謝りながら中断して部屋に行くと、

「一人でいたら寂しくなった」

と訴える。

「お稽古をしてるからね。あともうお一人で終わるから、待っててね」

子供をなだめるようにして、お稽古をはじめても、またしばらくするとブザーが鳴る。なだめる、ブザーが鳴る、その繰り返しだった。先生の下の始末をするときも、

「こういうことができるのは、世界であたしだけだからね。うれしいよ」

といいながらも、気持ちに伴って体は動いてくれない。介護をしているときに、

「してやっている」

という気持ちになると、自然に上下関係ができてしまう。そうなるのは嫌だった。とにかく相手を傷つけないようにと気遣うことはできるが、いかんせん、さすがの美代子にも体力の限界が来ていた。何かをするたびに、

「ありがたい、美代子観音、美代子観音」

といわれると、以前は疲れが吹き飛んだような気がしたが、今はそうではなくなった。どうしても疲れが取れないのである。一度は気力を奮い立たせて、がんばろうとしたが、

精神力だけでは持たなくなってきていた。このままではお稽古にも支障を来《きた》すかもしれない。せめて夜、寝られるようになればと、日当を払って夜中に世話をしてくれる人を雇った。明け方まで同じ部屋で起きていてくれて、先生が頼めば体や足をさすってくれる。美代子は下の階で寝るようにしたが、やはり先生が気になって熟睡できず、一週間しか続かなかった。

日々、先生の体は衰えていく。いつも体に触れている美代子は、それを敏感に感じ取っていた。

「美代子を中尊寺に連れていってやりたい」

体を拭いてもらっているときに、先生が何度もつぶやく。別にねだった覚えはないし、実はこれまでに四回行っているのだ。

（行ったことがあるとか、あたしは行きたいときに行けるからっていっちゃいけないわね）

美代子はぐっと言葉を呑み込んだ。

「連れていってくれるの、うれしいわ」

もちろん先生が連れていってあげられるわけではなく、連れていってもらうほうなのだが、そこが男性のプライドというものらしい。話を聞いた哲雄が、今度もレンタカーを手配して、中尊寺周辺をまわってあげるという。

「ベッド付きで病人を乗せて移動できる車もあるみたいだから」

「そうだね。あちこち行くんだったら、そのほうが楽だね」

しかし中尊寺行きの話を医者にすると、

「とんでもない。よりによってこの夏場に。何が起きても責任は持てませんよ」

と叱られた。

「それでもいいです。主人が行きたいっていうから、連れていってやりたいんです。何かあったらむこうで入院します」

美代子は哲雄が書いた、旅行のスケジュール表を手渡した。

「うーん」

医者は困り顔でうなっていた。

トイレが一番心配だが、おむつを穿《は》かせ、小用は体に管をつけて溲瓶《しびん》とつなぎ、瓶の中身だけを始末すればいいと考えた。道中、何度も医者の顔を思い出し、多少不安になったが、美代子はうれしそうにしている先生の顔を見て、これでいいんだと割り切った。

ベッド付きの車で中尊寺に到着すると、車椅子でやってきたのを見たお寺の人が恐縮して、ふだん見られないような奥の場所までも案内してくれた。美代子もきちんとした格好でお参りしたいところだが、世話をしなくてはならない身としては、浴衣に上っ張りといった実用一点張りの姿である。

「ありがとうございます」

礼をいいながらも、内心、とほほ状態であった。下は砂利道で、車椅子を押すのだって一苦労である。実は手近なところをちょこっと見物、お参りしてすぐに戻るつもりだったのに、ずんずん奥のほうに招き入れられる。

「ありがたい、ありがたいねえ」

先生は涙を流している。階段があって、哲雄と二人で抱え上げようとすると、傍らの土産物店からおねえさんが三人、やってきて手伝ってくれた。帰りはどうしようかしらと考えていたら、

「どうぞ、お声をかけてください」

とにっこりする。礼をいいつつ、美代子は買うつもりがなかった土産について考えざるをえなくなった。

いくら街中より涼しいといっても、動けば汗が流れ出てきて浴衣が足にまとわりつく。

「ああ、くたびれた」

つい口から出てしまった。はっとすると、先生が、

「ぼくもくたびれた」

とため息をつく。

「お父さんも。じゃあ、もうこちらは失礼しましょうか」

お寺の方に丁寧に御礼をいって、三人は車に戻った。

「お忘れなきよう」

と目線を送ってくるおねえさんたちがいる土産物店で、買うつもりがなかったおみやげも買った。奥入瀬《おいらせ》、十和田湖をまわり、せっかくだからとわんこそばを食べようと話が決まり、美代子が先生に一口ずつ食べさせてあげた。

「うまい」

「そう、おいしい。よかったねえ」

ふと横を見ると、哲雄がものすごい勢いでそばを食べている。ずっと車を運転しっぱなしで、お腹もすいたからだろうと見ていたら、いつまで経っても箸《はし》が止まらない。あっという間にお椀が山になった。

「お父さん、ちょっと見て。すごいわね」

先生は楽しそうに笑っている。やっとお椀を伏せて打ち止めになった。

「あー、百杯食べちゃった」

「ええっ」

哲雄は大食い大関の証明書をもらい、美代子と先生はびっくりした後、笑いが止まらなくなった。

無事、浅草に戻ると、先生はよほど旅行が楽しかったらしく、

「美代子を飛騨高山《ひだたかやま》にも連れていってやりたいなあ」

といっていた。美代子はそうねえと相槌《あいづち》を打ちながら、日に日に体が小さくなっていく先生を見ていて、あれが最後の旅行になるだろうと感じた。

その通りになり、先生はほとんど何も語らずに寝ている日が多くなってきた。国から弁護士勤続七十年の功労を称えて、勲四等旭日小綬章を授けると連絡が来たものの、体調が思わしくなく代理の者を出席させなくてはならなかった。

定期的に往診を頼むようになった医者からは、

「これは病院に入院させなくちゃだめだ。すぐにそうしてください」

といい渡された。すぐにＩＣＵに入れられ、傍目《はため》にはもう何もわからないと思われるのに、美代子が手を握って、

「お父さん、あたしのことわかる？」

と聞くと、ぎゅーっと握り返してくる。

「がんばって」

二人の意思の伝達は手を握り合うことしか残されておらず、美代子は治療室でずっと手を握り続けた。しかしとうとうその手が握り返されなくなった。先生は再入院して二十日後、九十三歳で亡くなった。大往生であった。ある人が、

「先生は天の高いところに昇られて、あなたに手を振っていらっしゃいますよ」

といってくれた。事務員さんと息子は見舞いにも、線香をあげにもきてくれたのに、実の子供たちは一度たりとも顔を見せなかった。

美代子に悲しみはあったが、涙にくれて過ごしてはいなかった。後悔する理由がないくらい、すべてやり尽くしてむしろすがすがしい気持ちになっていた。毎日、仏壇に手を合わせて、先生が目の前にいるときと変わらないように会話をする。先生の書いた色紙も、お稽古場の控えの間に飾って、弟子たちを見守ってもらっている。お互いに若い頃の結婚生活には苦労もあったし、先生は実子とも微妙な関係にあったようだ。それでもまさか七十、八十になって、お互いにあのような幸福な生活が待っているとは想像もしなかった。しかしもしあと一年、あんな介護の日々が続いていたら、自分は間違いなく倒れていただろう。

「お父さんはそこまで、あたしのことを考えてくれていたんでしょう」

二人の結婚生活は五年ほどであったが、何十年分にも匹敵する、幸せな日々だった。

「ご縁というものは本当に不思議でありがたいものだわねえ」

美代子は先生とたっぷり会話をした後、浅草の観音様に御礼を申し上げに行こうと家を出た。そして青空を見上げ、

「お父さーん、あたしを見守っててね」

と大きく手を振ったのであった。

解説

藤田香織（書評家）

「合縁奇縁」とは幾つかの辞書を要約すると、つまるところ「お互いに気心が合うか合わないかは、すべて不思議な縁によるということ」という意味だそうです。

「人の縁って、ホント不思議なものだよね」的なことは、それなりに人生経験があれば、恐らく誰だって一度や二度は実感したことがあるでしょう。思いがけない場所で思いがけない人と再会し親しく付き合うようになったり、新しく出会った人が知り合いの知り合いだったり。そうした「偶然」が、ともすれば「これって運命⁉」的なトキメキに繋がることも、ないとは言い切れません。

とはいえ、「縁」と聞くと、個人的にはなぜか良い話よりも、ネガティブな方向に目が向いてしまいがち。日々「袖すり合うも他生の縁」とは思いつつ、誰もが認めるステキな殿方とはとんと縁がなく、腐れ縁的女友だちと、縁遠い我が身を嘆き合うのがお約束。「男運がない」ことを「良縁に恵まれない」と言い換えてみたところで、心は晴れず、ついつい、ため息を吐いてしまうのは私だけではありますまい（と信じたい）。

が、しかし。「縁」とは、そもそも、そんなふうに身勝手に「良い」「悪い」、「ある」「ない」などと、仕分け可能なものではないのだと、我が身にパシッと活を入れてくれたのが、本書『小美代姐さん愛縁奇縁』でした。

ここでひとまず、本書の内容に触れておきましょう。

主人公の小美代姐さんこと美代子は、大正十四年浅草生まれ。産婆さんも驚く一貫三百目（四八七五g）以上もある大きな赤ん坊でした。末は女相撲の力士かとまで言われたものの、生まれつき不自由だった右手を案じた両親によって、六歳になった頃から長唄の稽古に通わされ、その翌年からは三味線も習い、小学校を卒業すると自ら望んで芸者になることを決意。修行時代を経て十四歳で、芳町の置屋「初音家」から「あや菊」として一本立ちする。この誕生から花柳界デビュー、浩との結婚までの経緯は、二〇〇二年に刊行された『小美代姐さん花乱万丈』（集英社→二〇〇五年同文庫）に詳しく、本書はその続編でもありつつ、同時に美代子の私生活をより深く掘り下げた姉妹編的な内容になっています。

前作には最初の夫である浩との出会いや、駆け出し芸者時代のエピソードもたっぷり描かれているので、未読のひとはこの機会に「花乱万丈」も手に取って欲しいのですが、もちろん本書だけでも、小美代姐さんの魅力は充分伝わってくるので御心配なく。

本書の幕開けは、浩と死に別れ、再び芸者としてお座敷に出るようになった美代子が、置屋「初音家」の女将となり、五十歳目前にして昔の恋人と再会した前作のラストシーンから時間をまき戻した、戦後間もない時代。

戦地から無事戻ってきた浩と晴れて夫婦となったものの、新婚夫婦の「新居」は〈いちおう屋根のついた四畳半ほどの掘っ立て小屋〉。そこに美代子の両親と妹弟も同居するとなれば、いかに終戦直後とはいえさすがに狭い。けれど、その不自由な暮らしのなかでさえ、持ち前の明るさと逞しさを失わない美代子の姿を、作者である群さんは、テンポ良く活写していきます。美代子と浩の「夫婦生活」の実態は「そんなところで⁉」「まさかそこでも‼」と驚愕《きょうがく》ものですが、同時にそこはかとないユーモアやあたたかさがあり、物語の導入部としての引きは抜群。

苦労の末、大井町に家を建て、初めての妊娠、長女・美江を出産。続いて長男・哲雄も無事に生まれ、浩の仕事も順調と、美代子の生活はようやく安定したかと思いきや、ここから怒濤《どとう》の展開へと雪崩れ込んでいくから目が離せません。

同居した姑との確執、浩の浮気、借金。家を追われ、生活苦から再びお座敷に出ることになった美代子に、両親の体調不良、浩の癌発覚、入院そして死と、追い討ちをかけるように不幸が続くのです。

もしも自分だったら、と考えると、立ち直ることはおろか、その気力さえ失いそうですが、美代子は夫の葬儀に顔を出したその愛人を、詰《なじ》るどころか〈看病してくれてどうもありがとう〉と礼を言い、泣いている暇はない、両親や子供のために働かなければ、と〈体中にやる気を漲《みなぎ》らせ〉る。

しかし、子持ち芸者として奮闘し、父親を看取り、浅草に家を購入し、三十三歳で貿易商の「旦那」を持ったものの、その嫉妬深さに悩まされ、背負わなくていい苦労まで背負ってしまう。まさに誰がどう見ても波乱万丈といえるでしょう。やがて最初の旦那を亡くした美代子は、四十半ばで二人目の旦那を持ち、六十八歳の花嫁となるのですが、新郎となった旦那は八十八歳。幸せな結婚生活に残された時間がそう長くないことは、誰の目にも明らかだったわけで——。

でも、それでも。美代子は言うのです。

〈ご縁というものは本当に不思議でありがたいものだわねえ〉と。

浩の愛人を慰め、嫌味ったらしく、理解し難いほど我ままな性格の最初の旦那にさえ、〈何百万、何千万という人がいるなかで、知り合うなんて何かがないと出会うはずがない。（中略）考えようによっては、どんな人でも自分に何らかの得をもたらしてくれるのである〉と考える美代子の前向きさは、時代を越え、立場を越えて、なにかと世知辛い現代を生きる私たちの背中を押してくれる。ウダウダ言い訳してる暇があったら、がむしゃらに動いてみなさい、愛してみなさい、信じてみなさい、と励ましてくれる。

いるはず。「生きる姿勢」を教えてくれる。既に本文を読まれた人は、その心強さをもう実感して

と同時に、本書とその前作にあたる「小美代姐さん」シリーズが、作家・群ようこ氏にとっても、特別な作品であることにも留意して欲しいと思います。

主人公の小美代姐さんのモデルが、群さんの小唄と三味線のお師匠さんであることは、群さんファンの方にはもうよく知られている事実ですが、この二冊は、個人的には、お馴染み「無印」シリーズや、『贅沢貧乏のマリア』(角川文庫)、『尾崎翠』(文春新書)、『妖精と妖怪のあいだ―平林たい子伝』(文春文庫)などの評伝などともまたひと味違う、作者の魅力が堪能できるシリーズになっている。私小説でもなく、完全なるフィクションでもなく、作者の視点が入ることなく、モデルに成り代わりその人生を描く、いわば「憑依系小説」としての面白さがあるのです。

もちろん「小説」である以上、本書で描かれている小美代姐さんの言動全てが実際にあったことではないでしょう。でも、そこに「嘘」はないと、感じられる。著者特有の台詞の言い回しや、表現も随所に見られるけれど、それが物語に巧く馴染んでいて違和感なく楽しめます。群さん自身が物語を、小美代姐さんを、心から愛していることが行間から伝わってくる。もしも群さんが三味線を習おうと思わなかったら、そして師匠と

出会わなかったら、本書が描かれることもなかった＝私たちが小美代姐さんと出会うこともなかったわけで、「縁」とは本当に〈不思議でありがたいもの〉だと、思わずにはいられません。

改めて考えてみると、中学時代「本の雑誌」の木原ひろみさんのコラムを、毎回楽しみにしていた私が、今こうして本書の解説を書かせて頂いていることも、つくづく不思議な縁だな、と感じます。本の雑誌社の事務員だった木原さんが、いかにしてエッセイを書くようになったのかを綴った『別人「群ようこ」のできるまで』（文春文庫）をゲラゲラ笑いながら読んでいた高校生の自分が知ったら、確実に嘘つき呼ばわりされるはず。当時の私は、自分が将来、本の紹介を仕事にする可能性なんてまったく考えていなかったし、まことに失礼ながら、群さんが「小説」を書かれる可能性も、考えたことがありませんでした。なのに、木原さん＝群さんと（一方的にですが）出会って約三十年、気がつけば、この現実！　個人的にはこれ以上の「不思議な縁」は、ありません。

泣いて笑って、俯かずに前を見て。本書から、〝縁〟満な人生を送る秘訣を、ぜひ共に学びましょう。

この作品は二〇〇七年六月、集英社より刊行されました。

群ようこの本

小《こ》美《み》代《よ》姐《ねえ》さん花《か》乱《らん》万《ばん》丈《じよう》

どんなときも明るく元気にたくましく!
一家の大黒柱で、売れっ子芸者。超ポジティヴな
小美代姐さんが駆け抜けた激動の昭和。笑えて、
泣けて、エネルギーをもらえる傑作評伝小説。

群ようこの本

ひとりの女

玩具会社の中間管理職、セノマイコ45歳。
やる気のない部下や女性蔑視の上司にも、自分
の更年期にもめげず、仕事にずんずん突き進む。
明日からのパワーを必ずもらえる爆笑の一冊。

群ようこの本

きもの365日

大好きだけど、あくまでも着物は〝非日常着〟だった著者が、365日着物で暮らすという大胆な試みに挑戦。日記形式でその顚末を綴った傑作書き下ろしエッセイ。

集英社文庫

群ようこの本

姉の結婚

ごく普通の男と普通に結婚した姉。当然のように波風がたち、ごく普通に破局が……。表題作他、ささやかな見栄を支えに、キッチリ明るく元気に生きる女たちの物語。

集英社文庫

群ようこの本

トラちゃん

飼い主をちゃんと見分ける金魚、迷いこんできた行儀のよい親子のネコ……。群家の一員として過ごした感情ゆたかなペットたち。彼らの表情やその珍事件をユーモラスに綴る。

集英社文庫

集英社文庫

小美代姐《こみよねえ》さん愛縁奇縁《あいえんきえん》

2010年8月25日　第1刷　　定価はカバーに表示してあります。

著　者　群《むれ》　ようこ

発行者　加藤　潤

発行所　株式会社　集英社

東京都千代田区一ツ橋2-5-10　〒101-8050

電話　03-3230-6095（編集）

03-3230-6393（販売）

03-3230-6080（読者係）

印　刷　凸版印刷株式会社

製　本　凸版印刷株式会社

フォーマットデザイン　アリヤマデザインストア　　マークデザイン　居山浩二

ISBN978-4-08-746601-0 C0193